लॉञ्च योर लाइफ टू द नेक्स्ट लेवल

लॉञ्च योर लाइफ टू द नेक्स्ट लेवल

अपने अंदर छिपी हुई क्षमताओं को बाहर निकालें

कृष्ण धन दास

प्रभात प्रकाशन

प्रकाशक
प्रभात प्रकाशन प्रा. लि.
4/19 आसफ अली रोड, नई दिल्ली–110002
फोन : 011–23289777 • हेल्पलाइन नं. : 7827007777
इ–मेल : prabhatbooks@gmail.com ❖ वेब ठिकाना : www.prabhatbooks.com

संस्करण
2025

अनुवाद
स्वेता परमार

पेपरबैक मूल्य
तीन सौ रुपए

मुद्रक
आर–टेक ऑफसेट प्रिंटर्स, दिल्ली

★

LAUNCH YOUR LIFE TO THE NEXT LEVEL
by Krishna Dhan Das
(Hindi translation of LAUNCH YOUR LIFE TO THE NEXT LEVEL)

Published by **PRABHAT PRAKASHAN PVT. LTD.**
4/19 Asaf Ali Road, New Delhi-110002
Publishing arrangement with Srishti Publishers & Distributors, New Delhi

ISBN 978-93-5521-921-3

₹ 300.00 (PB)

अनुशंसा

"इस पुस्तक के जरिए कृष्ण धन दास ने अपने जीवन के अनुभवों को बहुत समझदारी से शब्दों में उतारा है, जो कि युवाओं के लिए बेहद व्यवस्थित ढंग से, याद रखने के प्रारूप में उपयुक्त किंवदंतियों एवं अवधारणाओं के साथ, एक मार्गदर्शक के तौर पर कार्यान्वित किया गया है, जिससे कोई भी युवा आत्म-विकास के मार्ग पर आसानी से बढ़ पाए।"

—शुभा विलास

लेखक, मोटिवेशनल स्पीकर, लीडरशिप प्रोफेसर

❖

"कृष्ण धन दास ने आधुनिक चुनौतियों की व्यावहारिक व्याख्या के साथ आध्यात्मिकता के अमर ज्ञान को दक्षता से जोड़ा और बनाया है, जिसने पुस्तक को बहुत आवश्यक रूप से पढ़ने के लायक बना दिया है।"

—गौरांग दास

लेखक, निर्देशक—गोवर्धन इकोविलेज

❖

"व्यक्तिगत और व्यावसायिक रूप से कामयाबी चाहनेवालों के लिए एक अत्यंत महत्त्वपूर्ण पुस्तक, जो उन्हें मनचाही जिंदगी प्राप्त करने में मदद करेगी।"

—हृषिकेश मफतलाल

चेयरमैन, अरविंद मफतलाल ग्रुप

❖

"कृष्ण धन दास ने लोगों को परामर्श देने के अपने दशकों के निजी अनुभव, विभिन्न क्षेत्रों में किए गए शोध और प्रेरक सफल गाथाओं को व्यावहारिक रणनीतियों के साथ समन्वित कर आपको प्रोत्साहित करके आपके सतत विकास को दिशा दे रहे हैं।"

—डॉ. अजय सांखे
इंटरनेशनल प्रेसिडेंट फॉर ग्लोबल फाउंडेशन फॉर एथिक्स एंड स्पिरिचुअल हेल्थ (GFESH); निदेशक, भक्तिवेदांत अस्पताल, मुंबई

❖

"कठिन विषयों को आसान और संबद्ध बनाने के लिए कृष्ण धन दास के पास एक सहज प्रवृत्ति है। यह पुस्तक कोई अपवाद नहीं। उन्होंने हमारे आसपास की दुनिया के उदाहरणों के साथ व्यक्तिगत कहानियों को शानदार ढंग से जोड़ा है, जो हमें एक ऐसी अंतर्निहित संकल्पना सिखाने के लिए है, जिसमें सुधार और योगदान करने की इच्छा हो। मैं जीवन के सभी क्षेत्रों के पुरुषों व महिलाओं के लिए इस पुस्तक की प्रबल अनुशंसा करता हूँ और विशेष रूप से उन लोगों के लिए, जो दैनंदिन चुनौतियों का सामना करते हुए अकसर हताश हो जाते हैं।"

—व्रज विहारी दास, *लेखक व मार्गदर्शक*

❖

"सरल, सीधा और एक टूक''यह आपके जीवन के प्रति आपके दृष्टिकोण को बदल देगा। लेखक द्वारा निर्धारित सिद्धांत इस पुस्तक के पाठकों को उनके सपनों को हकीकत में बदलने के लिए उनके लक्ष्यों को प्राप्त करने में सकारात्मक रूप से मदद करेंगे।"

—डॉ. राजीव पपनेजा
मुख्य विकास अधिकारी, ESDS सॉफ्टवेयर सॉल्यूशन प्रा.लि.

❖

"सुधार की मानसिकता विकसित करने के लिए आसान, लेकिन प्रभावी व्यावहारिक सुझाव, जो आपको उस क्षेत्र में शामिल होने में मदद करते हैं, जहाँ चमत्कार हो सकते हैं। यदि आप उत्कृष्टता प्राप्त करना चाहते हैं और आसानी से अपनी उच्चतम क्षमता तक पहुँचना चाहते हैं, तो यह पुस्तक आपके लिए सबसे उपयुक्त है। यह इस कठिन प्रक्रिया को आसान व सुलझे हुए चरणों में तोड़ देती है और इसे संरचित तरीके से स्पष्ट कर देती है।"

—आनंद फेरवानी

अमेरिका स्टर्लिंग में उपाध्यक्ष,
इंक., ब्लूमफील्ड हिल्स, एम.आई., यू.एस.ए.

❖

"...एक लुभावनी जीवन मार्गदर्शिका, जो कई काररवाई योग्य युक्तियों को साझा करती है। इन युक्तियों का प्रयोग करके आप जो कुछ भी चाहते हैं, उसमें परिवर्तन ला सकते हैं—चाहे वह स्वास्थ्य हो, कॅरियर हो, रिश्ते हों या जीवन हो।"

—नमिता पुरोहित

लाइफ कोच, संस्थापक—
ईज (EASE) लाइफ कोचिंग एकेडमी

❖

"मैं ईमानदारी से यह जान गया हूँ कि यह पुस्तक प्रत्येक व्यक्ति के जीवन को बदलने में एक मील का पत्थर साबित होगी। उन्होंने 'व्यक्तिगत जीवन में काइजेन के अनुप्रयोग' के बारे में सबसे सरल और समझने में आसान तरीके से समझाया है, जिससे आप बेहतरी के लिए बदलाव कर पाएँगे तथा सफलता की ओर अग्रसर हो पाएँगे।

—डॉ. ओम प्रकाश जी. कुलकर्णी

सिद्ध वैज्ञानिक, मार्गदर्शक, सलाहकार प्रौद्योगिकी
प्रदाता, प्रमाणित अंतरिक्ष राजदूत : नेशनल स्पेस सोसाइटी, यू.एस.ए.

❖

"कृष्ण धन दास अपने गहन व्यावहारिक अनुभव के चलते हमें अपने आप पर प्रभावी ढंग से, कुशलतापूर्वक और उत्साह से काम करने का आग्रह कर हमारे लिए सफलता के द्वार खोलते हैं।"

—मनीष आडवाणी

TEDx स्पीकर, संस्थापक और सी.ई.ओ. MIMO पोटेंटियो
पुरस्कार विजेता कहानीकार और एक बिजनेस लीडर

मेरे उन सभी परम प्रिय गुरुओं को,
जिन्होंने मेरी सुधार–यात्रा में मेरा हाथ थामे रखा
और मुझे कई क्षेत्रों में आगे बढ़ने में मदद की।

उन सभी पाठकों के लिए,
जो अपने जीवन को अगले स्तर पर ले जाना चाहते हैं।

भूमिका

बचपन में छुट्टियों में मैं हमेशा अपने दादा-दादी के घर जाता था। मैं अपने माता-पिता और भाई के साथ वहाँ जाने का हमेशा इंतजार करता रहता था। अधिकांशतः ऐसा होता है कि बच्चे अपने दादा-दादी, नाना-नानी को बहुत प्यार करते हैं; क्योंकि वे लोग उनकी हर इच्छा पूरी कर देते हैं। हमारा और हमारे दोनों चाचाओं का परिवार—दोनों वहाँ होते थे तो खूब धमाल होता था और अच्छा-खासा भरा-पूरा परिवार होता था। मुझे मेरी दादी गंगा के साथ समय बिताना बहुत पसंद था। वे बहुत दयालु और ध्यान रखनेवाली थीं। वे हमारे साथ खेलती भी थीं और काफी दिलचस्प कहानियाँ भी सुनाती थीं।

एक शाम उन्होंने हम सबको बुलाया और एक कलम व कागज दिया। हम सब चौंक गए, क्योंकि हमारे लिए कागज व कलम का संबंध पढ़ाई से था। हमारी छुट्टियाँ चल रही थीं और हम वहाँ मौज-मस्ती के लिए गए थे। पढ़ाई के बारे में सोचकर ही हम सबका मूड खराब हो गया।

उन्होंने हमसे कहा कि कागज पर अपना नाम लिखें और एक गोला बनाकर बैठ जाएँ। हमने वैसा ही किया, जैसा उन्होंने कहा। फिर उन्होंने हमें वह कागज अपने साथ में बैठे साथी को 'पास' करने को कहा। जिसका भी नाम उस कागज पर होगा, हमें उसके बारे में उसकी एक अच्छी बात लिखनी थी। हमें तब

तक उस कागज को साथवाले को 'पास' करते रहना है, जब तक वह उसके पास नहीं पहुँच जाता, जिसका नाम उस पर लिखा है।

यह हमें बहुत मजेदार लगा, इसलिए हम सबने सोचा कि चलो, खेलते हैं। और बहुत जल्द ही हमें यह समझ आ गया कि यह एक बहुत शिक्षाप्रद और आनंदप्रद कार्य है, जिसे दादी ने हमें खेल-खेल में सिखा दिया। यह हमारे लिए आत्म-बोध और आत्म-वंदन की भी भावना थी कि हमने अपने बारे में तो जाना ही, दूसरों के बारे में भी अच्छा लिखा। हम सबने दादी को हृदय से धन्यवाद दिया और रात्रि-भोजन के लिए चले गए।

भोजन खत्म करने के बाद परिवार के अधिकतर सदस्य सैर के लिए निकल गए; पर मैं दादी के साथ कुछ और समय गुजारना चाहता था, इसलिए रुक गया। मेरा एक चचेरा भाई भी रुक गया था, क्योंकि उसे उसका पसंदीदा कार्टून शो देखना था।

दादी ने बातचीत के दौरान मुझसे कहा, "सबके कागज-पत्रों को देखने के बाद मैंने पाया कि तुम्हारी लिखावट अच्छी नहीं है। तुम उसमें सुधार क्यों नहीं करते?" उनका यह सवाल मेरे लिए बिल्कुल अप्रत्याशित था, क्योंकि उन्होंने आज तक कभी मुझसे ऐसा कोई सवाल नहीं किया था। वे हमेशा मेरे दोस्त, मेरे विद्यालय के दिन और मेरे शौक के बारे में ही बातें करती थीं।

थोड़ा अचंभित हुआ था मैं, लेकिन फिर मैंने सोचकर जवाब दिया, "मैं जल्दी-जल्दी लिखता हूँ, शायद इस वजह से मेरी लिखावट इतनी सुंदर नहीं है।"

"अच्छा, लेकिन तुम्हें किस बात की इतनी जल्दी होती है?" दादी ने पूछा।

"पर पढ़कर सब समझ आ ही जाता है।" मैंने मुसकराते हुए कहा।

"हाँ। पढ़ने लायक है, लेकिन आकर्षक नहीं है।" दादी ने कहा। फिर कुछ रुककर दोबारा बोलीं, "अगर अच्छे नंबर लाने हैं तो लिखावट सुधारनी होगी।"

मैंने अचंभित लहजे में पूछा, "मुझे लिखावट सुधारने के लिए क्या करना होगा?"

"सबसे पहले यह मानना होगा कि तुम्हें सुधार की आवश्यकता है। फिर उस पर कड़ी मेहनत करो। बहुत ध्यान से लिखो। जरूरत पड़े तो लिखने की गति घटाओ, उसे धीमी करो। रोज पुस्तक में से देखकर कम-से-कम एक अनुच्छेद

लिखो और देखना, धीरे-धीरे बदलाव नजर आएगा।" उन्होंने प्यार से समझाया और फिर आगे कहने लगीं, "हम अपने जीवन के हर काम को बेहतर बना सकते हैं, अगर हम ईमानदारी से हर क्षेत्र में कार्य करें। अगर हम कभी भी पूरी तरह संतुष्ट न हों तो आगे बढ़ पाएँगे, क्योंकि बेहतर करना चाहेंगे। तब हम यह समझ पाएँगे कि अपने जीवन में दिन जोड़ना क्या होता है, बजाय अपने दिनों में जीवन जोड़ने के।"

मैंने इतने अच्छे सुझाव देने के लिए अपनी दादी का हृदय से आभार व्यक्त किया और यह वादा किया कि मैं उनके निर्देशों का पालन करते हुए सुधार की पूरी कोशिश करूँगा और जल्द ही उन्हें अच्छे परिणाम दिखाऊँगा।

जैसाकि सभी जानते हैं, अच्छा समय बहुत जल्दी निकलता प्रतीत होता है। हमारी छुट्टियाँ खत्म हो गईं और हम सबका अपने-अपने घर वापस लौटने का समय आ गया। हम में से कोई खुश नहीं था, पर स्कूल खुलने वाले थे, इसलिए और कोई रास्ता नहीं बचा था, सिवाय वापस लौटने के। हमने दादा-दादी के पैर छूकर आशीर्वाद लिया और निकल गए।

घर पहुँचकर मैंने दादी से किया अपना वादा निभाया। मैंने अपनी लिखावट में सुधार लाने के लिए बहुत मेहनत व लगन से काम किया और वाकई इसका असर दिखा। मेरी लिखावट में काफी सुधार हो गया था। हालाँकि, बहुत खूबसूरत नहीं, पर यकीनन पहले से काफी बेहतर हो गई थी।

दादी ने भी मेरे प्रयासों की बहुत सराहना की थी, क्योंकि मैं नियमित रूप से उन्हें पत्र लिखता था। वैसे भी, 1990 के दशक की शुरुआत में पत्र संचार का मुख्य स्रोत थे।

"मध्यमता या सामान्यता से कभी भी संतुष्ट नहीं होना।" दादी के ये शब्द मेरे कानों में गूँजते रहते थे। इसीलिए मैंने खुद को दूसरे क्षेत्रों में भी सुधारना शुरू कर दिया; जैसे—पढ़ाई, पढ़ना, बोलना, खेलने का तरीका तथा और भी बहुत कुछ; क्योंकि अपनी लिखावट में सुधार करने के बाद जो अनुभव मुझे हुआ, उससे मुझे बहुत प्रेरणा मिली। ऐसा लग रहा था कि दादी ने मुझे औसत से बेहतर और फिर सर्वोत्तम होने के लिए सुधार करने की कोई गोली दे दी हो! मुझे हर चीज में, हर काम में आनंद आ रहा था और मेरे स्कूल में मेरे नंबर और ग्रेड भी सुधर रहे थे।

गरमियों की छुट्टियों के दौरान मेरी दादी के उन कुछ वक्तव्यों ने वास्तव में मेरे जीवन पर गहरा प्रभाव डाला था और मैं पूरी तरह से एक अलग व्यक्ति बन रहा था—एक बेहतर व समझदार व्यक्ति! मैं अपनी दसवीं कक्षा की बोर्ड परीक्षा में पूरे स्कूल में दूसरे स्थान पर रहा और बारहवीं कक्षा के बोर्ड में कॉलेज में तीसरा स्थान प्राप्त किया। मैं अपनी इंजीनियरिंग की शिक्षा के दौरान भी सभी चार वर्षों में सबसे ज्यादा अंक पानेवाला विद्यार्थी था। और इस सबका सारा श्रेय मेरी दादी और उनकी सलाह को जाता है। उन्होंने मेरे जीवन की धारा ही बदल दी थी।

जिस तरह पवित्र गंगा नदी में डुबकी लगाने से पापियों का शुद्धीकरण होता है, वैसे ही मेरी दादी गंगा के साथ मिलकर मेरा जीवन सामान्य से ऊपर हो गया था। हालाँकि, इस पुस्तक को लिखते समय वे (दादी) नहीं हैं, पर मैं उनके निर्देशों के माध्यम से अपने जीवन में उनकी उपस्थिति को महसूस करता हूँ।

'हमेशा बेहतर होने और एक बेहतर इनसान बनने की कोशिश' के रवैए ने न केवल मुझे अपने शैक्षिक कार्यकाल के दौरान अच्छे ग्रेड प्राप्त करने में मदद की, बल्कि दूसरों के साथ अपने संबंधों को बेहतर बनाने में भी मेरा मार्गदर्शन किया। जब मैं हिंदुस्तान एयरोनॉटिक्स लिमिटेड (HAL) के साथ काम कर रहा था, तब इसने मेरे नौकरी-पेशा जीवन को सुदृढ़ किया। इसने मेरे आध्यात्मिक जीवन के मानकों को भी ऊँचा किया।

जब मैं एक मठ में साधु बन गया तो यह रवैया और भी अधिक मूल्यवान् साबित हुआ था। एक साधु का जीवन भगवान् में पाई खुशी और समाज की भलाई के लिए एक भेंट है। अपने प्रशिक्षण के दौरान एक भिक्षु के रूप में मैं शास्त्रों में गहराई से गोता लगा रहा था। शास्त्रों में से एक का व्यवस्थित रूप से अध्ययन करते हुए महान् ग्रंथ 'श्रीमद्भागवत' के दौरान मुझे एक अद्भुत चरित्र—ध्रुव मिला।

5 वर्षीय ध्रुव ने बढ़ते क्रम की कठोर तपस्या की और केवल छह महीनों में भगवान् से प्रार्थना की। हर महीने ध्रुव ने अपनी तपस्या की गंभीरता को उत्तरोत्तर बढ़ाया। 'ध्रुव' शब्द का अर्थ है—'वह, जो अपने दृढ़ संकल्प में अटल है'। और इस छोटे से ध्रुव ने अपने कार्यों से अपना नाम सिद्ध किया। मैं उसे एक 'इंप्रूवमेंट पैरागॉन' के रूप में मानता हूँ और उसके चरित्र से बहुत अच्छी तरह से

जुड़ सकता हूँ। मुझे ऐसे कई व्यक्ति मिले, जो लगातार सुधार के लिए प्रयासरत थे और मैंने उनसे बहुत कुछ सीखा।

मैं उन्हें 'सुधार का उत्तम उदाहरण' मानता हूँ और उनके व्यक्तित्व से बहुत अच्छी तरह जुड़ पाता हूँ। मुझे ऐसे कई व्यक्ति मिले, जो लगातार सुधार के लिए प्रयासरत थे और मैंने उनसे बहुत कुछ सीखा। जैसे-जैसे मैंने एक भिक्षु के रूप में अपने जीवन में प्रगति की, मुझे वरिष्ठों की ओर से एक उपदेशक बनने और समुदाय से जुड़ने के बाद लोगों के लिए एक मार्गदर्शक के रूप में कार्य करने के लिए कहा गया। आध्यात्मिक जीवन को स्वीकार करने के लिए कुछ बातों को जोड़ने और कुछ को छोड़ने की आवश्यकता होती है। जब मैंने अपनी नई भूमिका निभानी शुरू की, तो मैंने देखा कि जीवन में इस प्रकार का समायोजन करते हुए कई लोगों ने संघर्ष किया। सुबह का समय ध्यान के लिए सबसे अच्छा समय होता है; लेकिन कुछ युवा, जिन्हें सुबह देर से उठने की आदत थी, उन्हें सुबह जल्दी उठने के लिए संघर्ष करना पड़ा। कुछ छात्र, जो बुरी आदतों के आदी थे, उन्हें उन आदतों को छोड़ने के लिए खुद से लड़ना पड़ा। उनकी स्थिति में सुधार करने के लिए मैंने लोगों की सहायता करनी शुरू कर दी और अपने जीवन में अब तक जो कुछ भी सीखा था, उन्हें समर्पित करना शुरू कर दिया।

एक संरक्षक का कार्य एक प्रगतिशील पदाभिलाषी की मदद करना है। और इसलिए, मैंने अपनी दादी से प्राप्त ज्ञान को कई लोगों के साथ साझा किया था।

जहाँ तक आदतों में बदलाव और जीवन में सुधार की बात है, मैंने ऐसे विषयों पर कई पुस्तकें पढ़ना शुरू किया तथा कार्यशालाओं में भाग भी लिया। मैं कुछ वरिष्ठ भिक्षुओं से भी मिला और उनसे परामर्श किया। जैसाकि आपने सुना होगा कि 'मार्गदर्शक बनने से पहले आपको खुद एक मार्गदर्शक की जरूरत होती है।'

प्राचीन ग्रंथों, आधुनिक पुस्तकों, अनुभवी भिक्षुओं, सुधार और आदत क्षेत्रों के विशेषज्ञों से सीखने की प्रक्रिया ने न केवल मेरे जीवन को समृद्ध किया, बल्कि मुझे कई अन्य उम्मीदवारों का समर्थन करने में भी सक्षम बनाया। इस सामूहिक ज्ञान को अपने जीवन में लागू करना एक आनंदप्रद और ज्ञानवर्धक अभ्यास था। इसे दूसरों के साथ साझा करना भी एक साहसिक कार्य था।

'शेयर योर केयर' का नारा हमारे वरिष्ठ गुरु ने हमें दिया था और मैं यह पुस्तक पढ़ाने व सिखाने की उसी भावना से लिख रहा हूँ। मैं हृदय से एक शिक्षक हूँ। इसलिए मैंने जो सीखा है, उसे दूसरों के साथ साझा न करने की कल्पना करना भी मेरे लिए असंभव है।

आपका जीवन एक अद्‌भुत उपहार है। आप कैसे जीना चाहते हैं, यह आप पर निर्भर है। आपका जीवन हमेशा सुर्खियों में भी नहीं होना चाहिए, लेकिन यह लगातार आगे बढ़ता रहना चाहिए।

मुझे आशा है कि आप इन पृष्ठों में बहुत अधिक व्यावहारिक मूल्य पाएँगे और आप जो कुछ भी सीखेंगे, उसे अपने दैनिक जीवन में लागू करेंगे।

—कृष्ण धन दास

आभार

अपने अभी तक के जीवन में मैंने हमेशा खुद को एक ऐसे छात्र के रूप में देखा है, जो उन शिक्षकों से घिरा हुआ है, जिन्होंने मेरे जीवन की गुणवत्ता में काफी वृद्धि की है। मैं उन सभी के लिए अपनी हार्दिक कृतज्ञता व्यक्त करना चाहता हूँ कि मुझे उनसे सीखने का सौभाग्य प्राप्त हुआ है।

यहाँ उन सबका नाम लेना लगभग असंभव-सा होगा। हालाँकि, मेरे जीवन में तीन सबसे प्रमुख शिक्षक रहे हैं—

- एच.डी.जी. ए.सी. भक्तिवेदांत स्वामी श्रील प्रभुपाद, इंटरनेशनल सोसाइटी फॉर कृष्ण कॉन्शियसनेस (ISKCON) के संस्थापक आचार्य;
- एच.एच. राधानाथ स्वामी, अंतरराष्ट्रीय बेस्टसेलर 'द जर्नी होम-ऑटोबायोग्राफी ऑफ ए अमेरिकन स्वामी' के लेखक; और
- शिक्षाष्टकम दास, जो एक लाइफ कोच और परामर्शक हैं।

चैतन्य चरण दास का विशेष आभार, जिन्होंने एक प्रमुख प्रेरक के रूप में काम किया और मुझे मेरे लेखन उद्यम में प्रेरणा प्रदान की।

मैं अपने सभी छात्रों और सहकर्मियों के प्रति विशेष आभार व्यक्त करना चाहता हूँ, जिन्होंने इस लेखन में प्रत्यक्ष या परोक्ष रूप से मेरी मदद

की। लेखन के संबंध में हर प्रकार की सहायता के लिए प्रणव महाजन का विशेष धन्यवाद।

कहने की जरूरत नहीं है कि 'द बुक बेकर्स' के श्री सुहैल माथुर को मेरा विशेष धन्यवाद, जो न केवल मेरे साहित्यिक एजेंट थे, बल्कि इस पुस्तक को अगले स्तर तक ले जाने में भी मेरे एजेंट बने।

—कृष्ण धन दास

अनुक्रम

अनुभाग-3

अनुभाग-1

1

काइजेन : एक सरल प्रक्रिया

"उत्कृष्टता या पूर्णता कोई मंजिल नहीं है;
यह एक सतत यात्रा है, जो कभी समाप्त नहीं होती।"

—ब्रायन ट्रेसी

यह मेरे हिंदुस्तान एयरोनॉटिक्स लिमिटेड (HAL) में एक साल के प्रशिक्षण का लगभग अंतिम समय था, जहाँ मैंने कुछ वर्षों तक काम किया। इसके सफलतापूर्वक पूरे होने के तुरंत बाद हमें कार्य के कुछ विशिष्ट विभाग आवंटित किए जाने थे। सभी उत्सुकता से आवंटन सूची प्रदर्शित होने का इंतजार कर रहे थे; क्योंकि वे यह जानने के लिए उत्सुक थे कि किस व्यक्ति को कौन सा विभाग मिला था? अंततः मुझे औद्योगिक इंजीनियरिंग विभाग (IED) आवंटित किया गया। मेरे कुछ सहयोगियों को मरम्मत करनेवाला विभाग दिया गया था, कुछ अन्य को वुडवर्क्स के लिए, कुछ को शेड्यूलिंग के लिए, जबकि कुछ अन्य को टूलिंग कॉम्प्लेक्स आदि के लिए नियुक्त किया गया था। हर कोई मैदान में काम करने और प्रशिक्षण के दौरान अर्जित अपने कौशल का उपयोग करने का अवसर मिलने की संभावना से प्रसन्न व उत्साहित था। प्रशिक्षण में एच.ए.एल. के संगठनात्मक ढाँचे, सॉफ्ट

स्किल्स, संचार, टीम निर्माण, रूसी भाषा, काइजेन, विमान के तकनीकी ज्ञान और संबंधित चीजों के बारे में सीखना शामिल था। अन्य बातों के अलावा, उड़ानों की तैयारी के लिए हम सभी ट्रेनिंग सेशन में डूब गए, क्योंकि हमारे लिए सबकुछ नया था। एक साल तक हमने इस पर ज्यादा ध्यान नहीं दिया।

सुखोई एस.यू.-30 विमान एच.ए.एल. में चर्चा का विषय था, क्योंकि हाल ही में कंपनी को इन विमानों के निर्माण और भारतीय वायुसेना को इनकी आपूर्ति करने का सौदा मिला था। कंपनी बहुत तेज गति से विमानों के उत्पादन के लिए तैयारी कर रही थी। नए कार्य-स्थल बनाए जा रहे थे, नई मशीनें लगाई जा रही थीं, नए विभाग बन गए थे और कई नए लोगों को नियुक्त किया गया था (मेरे सहित 50 कार्यकारी प्रशिक्षुओं (ET) के एक बैच सहित)।

प्रशिक्षण अवधि के दौरान प्राप्त ज्ञान से अवगत सभी 50 कार्यकारी प्रशिक्षुओं को अब विभिन्न विभागों में नियुक्त किया गया था। हम सभी ने अपनी प्रशिक्षण अवधि के दौरान बहुत अच्छा समय बिताया और एक-दूसरे के सान्निध्य का आनंद लिया। हम नई चीजें सीख रहे थे, नए दोस्त बना रहे थे और जिम्मेदारियों का कोई बोझ महसूस नहीं कर रहे थे।

लेकिन अलग-अलग विभागों में पद-स्थापन के बाद स्थिति काफी बदल गई। हम सभी को तुरंत नई जिम्मेदारी दी गई। निर्धारित लक्ष्य को समय-सीमा के भीतर पूरा करने के लिए सुखोई एस.यू.-30 का उत्पादन जोर-शोर से शुरू होने वाला था। लंच का समय ही एकमात्र समय था, जब हम लोग कैंटीन में मिलते थे और अपने नए विभागों एवं बॉस के अपने अनुभव साझा करते थे। लंच टाइम का सभी को बेसब्री से इंतजार रहता था। यह एकमात्र समय था, जब हमें भारी काम के बोझ से कुछ राहत मिलती थी और हम दूसरों के साथ अनुभव साझा करते थे।

एच.ए.एल. को मिग विमानों की पूरी तरह से मरम्मत करने का अनुभव था; लेकिन सुखोई एस.यू.-30 पूरी तरह से एक नया उद्यम था। नई उत्पादन आवश्यकताओं का सामना करने के लिए विभिन्न क्षेत्रों में कई बदलाव किए जा रहे थे।

एक दिन मुझे मुख्य प्रबंधक का नोटिस मिला कि मुझे अपनी विभागीय

गतिविधियों के अलावा विभिन्न विभागों में होनेवाले काइजेन कार्यक्रमों में भी भाग लेना है। एच.ए.एल. अब अपनी कार्य-संस्कृति में सुधार के लिए TPS (टोयोटा प्रोडक्शन सिस्टम) टूल्स का उपयोग कर रहा था और काइजेन इसका एक हिस्सा था। हालाँकि, हमारे प्रशिक्षण सत्रों के दौरान सैद्धांतिक रूप से काइजेन को लागू करने में प्रशिक्षित होने के बावजूद इसका वास्तविक कार्यान्वयन मेरे लिए बिल्कुल नया था।

अगले एक महीने के दौरान मुझे तीन काइजेन कार्यक्रमों में भाग लेने का सौभाग्य मिला, जिनमें से हर कार्यक्रम पाँच दिनों तक चला। इन आयोजनों के पूरा होने के बाद मैंने विभाग के कामकाज में एक नाटकीय बदलाव देखा। एक स्वच्छ कार्य वातावरण, एक प्रक्रिया के चक्र के समय में कमी, अनावश्यक गतिविधियों में कमी, संसाधनों का उचित उपयोग—ये कई ध्यान देने योग्य परिवर्तनों में से कुछ थे। हालाँकि, शुरू में लोग किसी भी तरह के बदलाव के लिए थोड़े अनिच्छुक थे, लेकिन पूरे सिस्टम के बढ़े हुए लाभों और बेहतर उत्पादकता को देखने के बाद उन्होंने आसानी से बदलाव को स्वीकार कर लिया।

मैं इस कार्य का पूरी तरह से आनंद ले रहा था, क्योंकि मुझे काइजेन को लागू करने का व्यावहारिक अनुभव प्राप्त हुआ था। एक अतिरिक्त लाभ यह था कि टीम में अन्य विभागों के कई वरिष्ठ अधिकारी शामिल थे, जिनके साथ मैं सीधे बातचीत कर सकता था। इसलिए मुझे बहुत कुछ सीखने को मिला। एक मायने में काइजेन उसी पद्धति के लिए एक आधुनिक शब्द था, जो मेरी दादी ने मुझे बचपन में सिखाया था—"कभी भी 'सामान्य' से संतुष्ट न हों।"

काइजेन क्या है?

'काइजेन' एक जापानी शब्द है, जिसे मूल रूप से पश्चिम में मासाकी इमाई ने अपनी पुस्तक 'काइजेन : द की टू जापान्स कॉम्पिटिटिव सक्सेस इन 1986' में पेश किया था। आज काइजेन को दुनिया भर में एक संगठन की दीर्घकालिक प्रतिस्पर्धी रणनीति के एक महत्त्वपूर्ण स्तंभ के रूप में मान्यता प्राप्त है। व्युत्पत्ति के अनुसार तोड़े जाने पर काइजेन का अर्थ है—

'काइ'—बदलाव और 'जेन'—अच्छा।

इसलिए 'काइजेन' का अर्थ है—'बेहतरी के लिए बदलाव' या 'निरंतर सुधार प्रक्रिया'। यह वही दर्शन है, जिसने जापान को द्वितीय विश्व युद्ध के दौरान हुए भयानक विनाश के बाद अपने बूते पर वापस तरक्की पाने में मदद की।

काइजेन एक दैनिक प्रक्रिया है, जिसका उद्देश्य सरल उत्पादकता सुधार से परे है। यह एक ऐसी प्रक्रिया भी है, जो सही तरीके से किए जाने पर कार्य-स्थल का मानवीकरण करती है, अत्यधिक मेहनत को समाप्त करती है और लोगों को वैज्ञानिक पद्धति का उपयोग करके अपने काम पर प्रयोग करना सिखाती है। यह इस बात से भी संबंधित है कि व्यावसायिक प्रक्रियाओं में कचरे का पता लगाना और उसे खत्म करना कैसे सीखें! संक्षेप में, यह प्रक्रिया श्रमिकों के प्रति उनकी उत्पादकता में वृद्धि लाने के लिए एक मानवीय दृष्टिकोण का सुझाव देती है। एक आम आदमी की भाषा में—काइजेन समग्र प्रक्रियाओं में निरंतर छोटे सुधार लाता है और अंतत: एक संगठन की सफलता की ओर लक्ष्य रखता है।

काइजेन को कॉरपोरेट सोच में शामिल करने से कंपनी को वास्तविक प्रतिस्पर्धात्मक लाभ मिल सकता है। इन तकनीकों से दुनिया भर में कई संगठनों को लाभ हुआ है, जिसमें एच.ए.एल. भी शामिल है, जहाँ काम करने और काइजेन को लागू करने के बाद मैंने एक सकारात्मक बदलाव देखा।

उस समय एच.ए.एल. नवीनतम उपलब्ध तकनीक की मदद से खुद को तैयार कर रहा था और इस दिशा में निरंतर सुधार के लिए काम कर रहा था। जब डॉ. ए.पी.जे. अब्दुल कलाम ने एच.ए.एल. का दौरा किया, तब उन्होंने सबसे कहा था, "स्काई इज द लिमिट।" यह एच.ए.एल. का आदर्श वाक्य अथवा मोटो हो सकता है।

काइजेन को जीवन में लागू करना

क्या काइजेन केवल संगठनों एवं संस्थानों के लिए प्रासंगिक है ? स्पष्टत: नहीं।

काइजेन दर्शन को हमारे दैनिक जीवन में भी लागू किया जा सकता है। यह हमारे जीवन को एक कार्य-प्रगति के रूप में देखने, निरंतर सुधार

करने के लिए खुद को चुनौती देने और इस प्रकार अधिकतम दक्षता प्राप्त करने के बारे में है।

चीजों को बेहतर तरीके से करने की गुंजाइश हमेशा रहती है। जर्मन राजनेता हेल्मुट श्मिट ने इस बारे में ठीक ही कहा है, "सुधार का क्षेत्र दुनिया में सर्वाधिक बड़ा है।"

विंस्टन लॉर्ड और हेनरी किसिंजर—दो अमेरिकी राजनयिकों के बारे में एक किस्सा निरंतर सुधार के विचार की एक झलक प्रदान करता है।

> *तत्कालीन राष्ट्रीय सुरक्षा सलाहकार हेनरी किसिंजर के विशेष सहायक के रूप में अपने समय के दौरान विंस्टन लॉर्ड ने समीक्षा के लिए किसिंजर को राष्ट्रपति की विदेश नीति रिपोर्ट का एक मसौदा प्रस्तुत किया। अगली सुबह किसिंजर ने लॉर्ड को अपने कार्यालय में बुलाया और सरलता से पूछा, "क्या यह सबसे अच्छा है, जो आप कर सकते हैं?"*
>
> *लॉर्ड ने उत्तर दिया कि उन्होंने ऐसा सोचा था, लेकिन वे इसे एक और शॉट देंगे। इसलिए उन्होंने रिपोर्ट को संशोधित किया और इसे फिर से जमा किया।*
>
> *अगली सुबह किसिंजर ने लॉर्ड को अपने कार्यालय में बुलाया और उनसे फिर से पूछा, "क्या आपको यकीन है कि यह सबसे अच्छा है, जो आप कर सकते हैं?" निराश होकर लॉर्ड ने फिर से रिपोर्ट ली और सुधार किया। वही परिदृश्य छह बार और दोहराया गया।*
>
> *अंत में, लॉर्ड द्वारा नौवीं बार रिपोर्ट प्रस्तुत करने के बाद किसिंजर ने फिर से पूछा कि क्या वह सबसे अच्छा कर सकते हैं?*
>
> *इस बार लॉर्ड ने उत्तर दिया, "मुझे पता है कि यह सबसे अच्छा है, जो मैं कर सकता हूँ—मैं संभवतः एक और शब्द में भी सुधार नहीं कर सकता।"*
>
> *किसिंजर ने उनकी ओर देखा और कहा, "उस मामले में अब मैं इसे पढ़ूँगा।"*

इस कहानी का नैतिक पक्ष यह है कि केवल आपका सबसे अच्छा काम अगले स्तर, स्टेशन या मूल धारा में व्यक्ति तक आगे बढ़ना चाहिए। क्या आपके जीवन में ऐसा होता है?

पूर्णता एक विशिष्ट मानक नहीं हो सकती; इसके बजाय यह एक आदर्श है, जिसे हमें अपने लक्ष्य के रूप में रखना चाहिए। निरंतर सुधार एक सिद्धांत है,

जो इस विचार के साथ पूर्णता के अप्राप्य लक्ष्य का पीछा करता है कि सुधार के लिए हमेशा जगह होती है।

विंस्टन लॉर्ड ने अपनी रिपोर्ट को आठ बार सुधारने के लिए कई तरीके ईजाद किए और हालाँकि, अंततः उन्हें लगा कि उन्होंने अपने काम को बेहतर बनाने के हर अवसर को समाप्त कर दिया है, इसे बेहतर बनाने के अन्य अवसर शायद मौजूद थे। लेकिन उस रिपोर्ट को एक निश्चित समय-सीमा में तैयार व वितरित किया जाना था। इसके अलावा, विंस्टन द्वारा देखभाल करने के लिए अन्य जिम्मेदारियाँ थीं। आठ बार दस्तावेज की समीक्षा करने के बाद वह अंततः एक सुधार पठार पर पहुँच गया।

इसमें निरंतर सुधार का एक और महत्त्वपूर्ण पहलू निहित है। 'बेस्ट' और 'परफेक्ट'—दो पूरी तरह से अलग चीजें हैं। सबसे अच्छा जो कोई कर सकता है, वह है—अपनी क्षमताओं के माध्यम से परिस्थितियों को प्रबंधित करके और कार्यक्षेत्र में अपेक्षित अनुभव प्राप्त करके अपने प्रदर्शन के एक बेजोड़ स्तर की प्राप्ति। परफेक्शन एक बहुत ही ओपन-एंडेड कॉन्सेप्ट है। यह एक कभी न खत्म होनेवाली प्रगति है, जहाँ आकाश ही सीमा है।

मैं काइजेन पर मोहित था, जो मुझे मेरी दादी से मिली शिक्षाओं के अनुरूप था। मैंने इसे अपने कॉरपोरेट क्षेत्र के साथ-साथ निजी जीवन में भी पूरे उत्साह के साथ लागू करना शुरू कर दिया। निस्संदेह, परिणाम आश्चर्यजनक थे। अपने अनुप्रयोग के दौरान मैंने महसूस किया कि काइजेन केवल एक प्रक्रिया नहीं है, बल्कि यह एक मानसिकता है।

मुख्य बिंदु

1. परिवर्तन स्थायी है। हमें हमेशा सकारात्मक बदलावों के लिए तैयार रहना चाहिए।
2. जीवन के सभी क्षेत्रों में समग्र विकास के लिए काइजेन का उपयोग एक उपकरण के रूप में किया जा सकता है।
3. काइजेन का अर्थ है—'बेहतर के लिए बदलाव' या 'निरंतर सुधार प्रक्रिया'।
4. काइजेन एक दैनिक अनुष्ठान है, जिसका उद्देश्य साधारण उत्पादकता सुधार से कहीं ऊपर है।
5. काइजेन समग्र प्रक्रियाओं में निरंतर छोटे सुधार लाता है और अंततः एक संगठन की सफलता की ओर लक्ष्य रखता है।
6. आप उन क्षेत्रों को सूचीबद्ध कर सकते हैं, जिन पर आपको लगता है कि आपको ध्यान देने की आवश्यकता है और वांछित परिणाम प्राप्त करने के लिए आप उन पर काम करें।

□

2

सुधार की मानसिकता

"अपनी चुनौतियों को सीमित न करें; अपनी सीमाओं को चुनौती दें। प्रत्येक दिन हमें निरंतर और कभी न खत्म होनेवाले सुधार के लिए प्रयास करना चाहिए।"

—टोनी रॉबिंस

(अमेरिकी लेखक एवं लाइफ कोच)

मनुष्यों में जानवरों की तुलना में एक विशेषता यह होती है कि वे चीजों को और अधिक पूर्ण तरीके से करने का प्रयास कर सकते हैं—चाहे वह किसी के जीवन की बुनियादी आवश्यकताओं को पूरा करना हो, दूसरों के साथ संचार करना हो या एक उद्देश्यपूर्ण जीवन जीना हो। जानवर कभी भी अपने जीवन में कुछ रचनात्मक बदलाव लाने के बारे में नहीं सोचते, जो हमेशा इनसानों के लिए एक प्रेरक शक्ति होती है। नए साल के संकल्प उसी के प्रबल प्रमाण हैं। हमेशा सुधार करने की इस इच्छा के कारण मनुष्य गुफा-मानव से अंतरिक्ष-यात्री तक विकसित हुआ है।

हम सभी गुरुत्वाकर्षण के नियम से अवगत हैं, हैं न? जो कुछ भी ऊपर फेंका जाता है, उसे नीचे आना ही पड़ता है। गुरुत्वाकर्षण का यही नियम न केवल

चीजों पर लागू होता है, बल्कि मानकों पर भी लागू होता है। हमें गुरुत्वाकर्षण के खिलाफ जाने का प्रयास करने की जरूरत है। उदाहरण के लिए, हमें पानी को निचले स्तर से उच्च स्तर तक लाने के लिए एक उच्च शक्तिवाले पंप की आवश्यकता होती है। दूसरी ओर, इसका उलटा, यानी रिवर्स काफी स्वाभाविक है।

इसी तरह, हमारे मानक स्वाभाविक रूप से नीचे की ओर बढ़ते हैं। उन्हें बनाए रखने के लिए हमें निरंतर प्रयास करने की आवश्यकता है। इसलिए, उच्च मानकों का जीवन जीने के लिए हमेशा अपने संकल्पों पर टिके रहने और अपने सिद्धांतों पर कायम रहने के लिए एक बड़ी मात्रा में निरंतर प्रयास करना चाहिए। हो सकता है कि हम काइजेन से इस महत्त्वपूर्ण सिद्धांत को सीख सकें और किसी भी क्षेत्र में निरंतर सुधार के लिए इसे अपने जीवन में लागू करने का प्रयास कर सकें।

ऐसा न हो कि आपको लगे कि यह केवल आपके लिए एक चुनौती है। मैं आपको एक तथ्य बताता हूँ। अगले स्तर पर अपग्रेड करना हमेशा एक चुनौती होती है। एक मानसिकता के रूप में सुधार को विकसित करने की आवश्यकता है; कोई भी इसके साथ पैदा नहीं होता है।

'मैं सुधार कर सकता हूँ' और 'मुझे सुधार करने की जरूरत है', इस मानसिकता की विशेषताएँ हैं। यही वह मानसिकता है, जो वास्तव में सफलता व असफलता के बीच के अंतर को तराशती है; एक पेशेवर और एक शौकिया होने का अंतर। डॉ. कैरोल ड्वेक इसे 'विकास मानसिकता' कहते हैं।

> *जब डॉ. कैरोल ड्वेक और उनके सहयोगियों को विफलता के बारे में छात्रों के दृष्टिकोण में दिलचस्पी हो गई तो उन्होंने देखा कि कुछ छात्र सभी प्रकार की असफलताओं का सामना करने के बाद विजयी लौट आए, जबकि अन्य छात्र छोटे-से-छोटे झटके से भी बिखर गए। हजारों छात्रों के मानसिक स्वभाव का अध्ययन करने के बाद डॉ. ड्वेक ने सीखने और बुद्धिमत्ता के बारे में लोगों की अंतर्निहित मान्यताओं का वर्णन करने के लिए 'स्थायी मानसिकता' और 'विकास मानसिकता' शब्द गढ़े।*
>
> *जब छात्रों को लगता है कि वे होशियार हो सकते हैं तो वे स्वत: ही समझ जाते हैं कि प्रयास उन्हें मजबूत बनाता है। इसलिए, जब वे अतिरिक्त समय और प्रयास लगाते हैं तो वे उच्च सफलता प्राप्त करते हैं।*

इसके विपरीत, स्थायी मानसिकता एक जबरदस्त बोझ है। जब छात्र सोचते हैं कि उनके कौशल में और सुधार नहीं किया जा सकता, तब वे खुद को सफलता से वंचित करते हैं।

आप अपने आप को कैसे समझते हैं, यह सबसे महत्त्वपूर्ण है। कैरोल ड्वेक का काम हमारे सबसे बुनियादी विश्वासों की शक्ति को दरशाता है। चाहे चेतन रूप से या अवचेतन रूप से, वे 'हम क्या चाहते हैं और क्या हम इसे प्राप्त करने में सफल होते हैं' को दृढ़ता से प्रभावित करते हैं। हमारे व्यक्तित्व की समझ मूल रूप से हमारी मानसिकता से उत्पन्न होती है। यह या तो हमें प्रेरित कर सकती है या हमें अपनी सुप्त क्षमता को पूरा करने से रोक सकती है।

'माइंडसेट : चेंजिंग द वे यू थिंक टू फुलफिल योर पोटेंशियल' पुस्तक में ड्वेक लिखते हैं—

"...जैसे ही आप स्थायी और विकास मानसिकता को समझना शुरू करते हैं, आप देखते हैं कि कैसे एक चीज हमें दूसरी की ओर ले जाती है—कैसे एक विश्वास कि आपके गुण पत्थर पर उकेरे गए हैं, जो आपको अनेक विचारों तथा गतिविधियों की ओर ले जाते हैं, और कैसे एक विश्वास कि आपके गुणों को और विकसित किया जा सकता है। आपको अलग-अलग विचारों एवं कार्यों की ओर ले जाता है, जो बिल्कुल एक अलग मार्ग है।"

यह सुधार मानसिकता आपको कैसे प्रभावित करती है?

(क) आपके जीवन को गतिशील बनाती है, आपको आपके कंफर्ट जोन से बाहर धकेलती है

एक नियमित व आरामदायक जीवन यांत्रिक और कभी-कभी उबाऊ भी हो सकता है। यह बोरियत आज के समाज में एक जानलेवा बीमारी बन चुकी है। अवसाद, बढ़ती आत्महत्या की दर, निराशाजनक रिश्ते और तरह-तरह के मनोरंजन की जरूरतें इस बात का प्रमाण हैं। इस बोरियत को दूर करने और जीवन के यांत्रिक पैटर्न में बदलाव लाने के लिए लोग अपने जीवन में कुछ ऐसी चीजों को शामिल करने की कोशिश करते हैं, जो स्वस्थ नहीं हो सकती हैं। वे

असंख्य तरीकों से आपको वंचित भावना से भर सकती हैं।

इसके विपरीत, अपने जीवन को बेहतर बनाने के लिए लगातार प्रयास करना और इसे अगले स्तर पर लाने की कोशिश करना गतिशीलता पैदा करता है। यह नीरस चक्र को तोड़ सकता है और इस प्रकार ऊब को पूरी तरह से समाप्त किया जा सकता है।

स्थायी संबंध बनाने, अपने उद्यमों एवं व्यवसायों को उन्नत करने, अधिक ज्ञानवर्धक पुस्तकें पढ़ने और नई व अच्छी आदतों को विकसित करने का प्रयास हमें लगातार हमारे कंफर्ट जोन से बाहर धकेलता है और एक बार जब हम अपने कंफर्ट जोन से बाहर हो जाते हैं तो जीवन अधिक सार्थक व पूर्ण हो जाता है। गतिशीलता का यह ऊर्ध्व क्रम बढ़ता ही रहता है तथा हमें और अधिक उन्नति करने से अब कोई रोक नहीं सकता।

(ख) सकारात्मक दबाव का निर्माण

सही मात्रा में दबाव कोयले की एक गाँठ को हीरे में भी बदल सकता है। व्यक्तिगत उत्पादकता के संदर्भ में यह दबाव स्वयं या दूसरों द्वारा लागू किया जा सकता है। सफल लोग बेहतर तरीके से सुधार करने और प्रदर्शन करने के लिए लगातार खुद पर दबाव डालते हैं। दूसरी ओर, जो लोग खुद को प्रेरित नहीं कर सकते, उन्हें दूसरों के दबाव में आना पड़ता है।

अपनी पूरी क्षमता तक पहुँचने के लिए आपको इस सुधार मानसिकता को विकसित करना होगा; अपने आप पर दबाव डालने की आदत तथा किसी अन्य के साथ आने और आपके लिए यह करने की प्रतीक्षा न करने की आदत डालनी होगी। यहाँ अच्छी खबर यह है कि जब भी आप अपना सर्वश्रेष्ठ प्रदर्शन करने के लिए खुद को आगे बढ़ाते हैं तो आप अपने बारे में बेहतर महसूस करते हैं। इसके साथ आनेवाली संतुष्टि की भावना अद्वितीय है। इसके अलावा, यह आपके आत्मसम्मान में सुधार करता है, जो अवसाद के लिए एक मारक के रूप में कार्य करता है। धीरे-धीरे आप स्वयं प्रेरित हो जाते हैं, जिसके परिणामस्वरूप आपको उस तरह का व्यक्ति बनने हेतु प्रेरणा के लिए दूसरों पर निर्भर रहने की आवश्यकता नहीं होती है, जैसा आप बनना चाहते हैं। आपको ऐसी सड़क पर कार का इंतजार करने की जरूरत नहीं है, जहाँ कोई कार ही न गुजरे।

'हम जो करना चाहते हैं, जब हमें वही करना होता है तो प्रेरणा स्वयं उत्पन्न होती है।' लेकिन जब हमें वह करना होता है, जो दूसरे हमसे चाहते हैं तो प्रेरणा स्टेरॉयड का एक इंजेक्शन है, जिसका असर लंबे समय तक नहीं रहता।

(ग) आपको असफलताओं को सफलता की सीढ़ी के रूप में देखना है

यदि आपके पास सुधार की मानसिकता है तो आप जीवन में चुनौतियों को खतरनाक नहीं मानेंगे। इसके बजाय, आप उन्हें बढ़ते हुए विकास के अवसरों के रूप में देखेंगे। आप चुनौती को आगे सुधार के लिए एक कदम के रूप में देखेंगे।

जब एक औसत व्यक्ति असफलता प्राप्त करता है तो वह अपनी पहचान को 'मैं एक असफल व्यक्ति हूँ' के रूप में परिभाषित करता है। दूसरी ओर, जब एक सुधार की मानसिकतावाला व्यक्ति असफल होता है तो वह सोचने लगता है—'मैं अभी भी कैसे सुधार कर सकता हूँ?' और 'मैं असफलता से क्या सीख सकता हूँ?' केवल एक सुधार मानसिकता ही विफलता को सफलता के मील के पत्थर में बदल सकती है, क्योंकि उनके लिए असफलता सिर्फ एक निराशा नहीं है, बल्कि व्यक्तिगत विकास का एक नया मार्ग है।

सन् 1978 में एक 15 वर्षीय लड़के ने हाई स्कूल में विश्वविद्यालय बास्केटबॉल टीम का सदस्य बनने के लिए प्रयास किया। जब सूची प्रदर्शित की गई तो वह उसमें अपना नाम नहीं खोज सका। इसके बजाय, उसे जूनियर विश्वविद्यालय टीम में खेलने के लिए कहा गया, सिर्फ इसलिए कि वह न्यूनतम ऊँचाई की आवश्यकता को पूरा नहीं करता था। वह बिल्कुल बिखर गया और सोचने लगा कि यह अंतिम हार है। उसने खुद को कमरे में बंद कर लिया। अस्वीकृति की पीड़ा, जो उसके दिल को छू चुकी थी, के कारण बहुत रोया और अपनी भावनात्मक उत्तेजना एवं मानसिक पीड़ा को बाहर निकाला।

खुद को सँभालने के बाद उसने वही किया, जो चैंपियन करते हैं। उसने अपनी विफलता को उसे बेहतर होने के लिए प्रयोग किया और अपने लिए एक सुधार की मानसिकता को अपनाया। जूनियर यूनिवर्सिटी टीम में खेलते हुए उसने हद से ज्यादा प्रयास किया। अथक परिश्रम और अच्छी तरह प्रशिक्षित होने के बाद वह फिर से जूनियर टीम में ही शामिल हो गया और

आखिरकार उसके कठोर परिश्रम व गहन प्रशिक्षण का परिणाम भी आया। खेल में उसका कौशल और विशेषज्ञता एक चौंकानेवाले स्तर पर पहुँच गई, जो हर किसी से बहुत ऊपर थी।

अगले कुछ वर्षों में वह पाँच इंच और बढ़ गया तथा हाई स्कूल टीम में जगह बनाने में सक्षम हो गया। उसके एक साल बाद उसने ऑल-अमेरिकन हाई स्कूल टीम में अपनी जगह बनाई।

वह लड़का कोई और नहीं, बल्कि माइकल जॉर्डन हैं, जिन्हें कई लोग अब तक का सबसे महान् बास्केटबॉल खिलाड़ी मानते हैं। उनके अथक अभियान ने उन्हें कई रिकॉर्ड तोड़ने और नेशनल बास्केटबॉल एसोसिएशन (एन.बी.ए.) के इतिहास में सबसे प्रसिद्ध खिलाड़ी बनने के लिए प्रेरित किया।

दो ओलंपिक स्वर्ण पदक, छह एन.बी.ए. चैंपियनशिप और चौदह सबसे मूल्यवान् खिलाड़ी (एम.वी.पी.) पुरस्कार उनके नाम थे। इस तरह, बास्केटबॉल के दिग्गज साबित करते हैं कि प्रतिबद्धता और सुधार की भावना के माध्यम से एक व्यक्ति विफलता पर काबू पाकर अविश्वसनीय ऊँचाइयों को छू सकता है। उन्हें दुनिया भर के लाखों लोगों के लिए प्रेरणा होने के लिए प्रतिष्ठित प्रेसिडेंशियल मेडल ऑफ फ्रीडम—संयुक्त राज्य अमेरिका का सर्वोच्च नागरिक पुरस्कार—से सम्मानित किया गया है।

(घ) आपकी रचनात्मकता को बढ़ाता है

जब आप सुधार के दृष्टिकोण के साथ काम करते हैं तो आपके मस्तिष्क में परिवर्तन और रचनात्मकता के बारे में विभिन्न विचार आते हैं। आप हमेशा अपने आप को या अपने आसपास की स्थिति में सुधार करना चाहेंगे। इतिहास ने लगातार सुधार करने के लिए इस दृष्टिकोण से पैदा हुए कई आविष्कारों को देखा है।

15 वर्षीय जैक एंड्राका के दिमाग में वर्ष 2011 के वसंत में बहुत कुछ था। एक करीबी पारिवारिक मित्र की हाल ही में अग्न्याशय कैंसर से मृत्यु हो गई थी। बीमारी के बारे में पढ़ते हुए तत्कालीन हाई स्कूल के इस नए छात्र ने पाया कि लगभग 85 प्रतिशत अग्न्याशय के कैंसर का निदान बहुत देरी से किया जाता है, जब रोगियों के जीवित रहने की संभावना 2 प्रतिशत से कम होती है। एंड्राका ने सीखा, इसका कारण यह था कि शुरुआती पहचान के लिए सबसे अच्छे उपकरण महँगे और बेहद गलत—दोनों हैं।

मैरीलैंड के ग्लेन बर्नी में नॉर्थ काउंटी हाई स्कूल के छात्र एंड्राका कहते हैं, "मैं सोचता था, सच में, इस नकारा परीक्षण से कोई बेहतर तरीका होना

चाहिए।" जैक तब नौवीं कक्षा का छात्र था, वह एक बेहतर प्रारंभिक नैदानिक परीक्षण खोजने में रुचि रखने लगा। एक सामान्य किशोर ने इसे वहीं छोड़ दिया होता, लेकिन सुधार के लिए प्रतिबद्ध एंड्राका ने वैज्ञानिक साहित्य में गहराई से काम किया और जॉन्स हॉपकिंस विश्वविद्यालय के कई वैज्ञानिकों से संपर्क किया।

अंत में, जॉन्स हॉपकिंस स्कूल ऑफ मेडिसिन में पैथोलॉजी, ऑन्कोलॉजी और केमिकल एवं बायोमॉलिक्युलर इंजीनियरिंग के प्रोफेसर डॉ. अनिर्वाण मैत्रा की सलाह के तहत वह एक परीक्षण विकसित करने में सक्षम हुआ। उसने जो निदान पद्धति विकसित की, वह अग्न्याशय कैंसर के मेसोथेलिन नामक बायोमार्कर प्रोटीन की उपस्थिति का पता लगाने में 90 प्रतिशत से अधिक सटीक है।

एंड्राका के काम ने उसे वर्ष 2012 में पिट्सबर्ग में 'इंटेल इंटरनेशनल साइंस एंड इंजीनियरिंग फेयर' में एक भव्य पुरस्कार दिलाया, जो छात्रवृत्ति में 75,000 डॉलर के साथ मिलता है।

इस सुधार मानसिकता ने 15 वर्षीय लड़के जैक एंड्राका को अग्न्याशय के कैंसर के लिए एक नया नैदानिक परीक्षण तैयार करने के लिए प्रेरित किया। उनका परीक्षण अट्ठाईस गुना तेज, छब्बीस हजार गुना कम खर्चीला और वर्तमान नैदानिक परीक्षणों की तुलना में एक सौ गुना से भी अधिक संवेदनशील है। क्या आपने देखा कि कैसे एक मानसिकता ने उसे इतने बड़े बदलाव की ओर प्रेरित कर दिया?

वैसे, उसी मानसिकता के कारण मास्टरमाइंड थॉमस एडिसन ने बिजली के बल्ब का आविष्कार किया।

(ङ) आप सुधार करना चाहते हैं और कुछ साबित नहीं करना चाहते हैं

यह एक ऐसा दिन था, जिसका सभी को बेसब्री से इंतजार था! अंतिम परीक्षा के परिणाम घोषित होने का दिन। इंजीनियरिंग कॉलेज में यह मेरा तीसरा वर्ष था और सभी छात्रों को मुझसे बहुत उम्मीदें थीं, क्योंकि मैं अपने पहले और दूसरे वर्ष में शीर्ष रैंक-धारक रहा था। हमारे शिक्षक हमारे टेस्ट स्कोर की घोषणा कर रहे थे और मार्कशीट वितरित कर रहे थे। मैंने 75.6 प्रतिशत स्कोर किया था, जो पिछले साल के स्कोर से बेहतर था। मैं बहुत खुश था, हालाँकि रैंकों की घोषणा अभी बाकी थी।

सभी 70 छात्रों को अंकतालिका वितरित करने के बाद शीर्ष तीन उम्मीदवारों की घोषणा की गई। दिलचस्प बात यह है कि मैं दूसरे नंबर पर था। लेकिन मैं फिर भी खुश था, जो कई छात्रों के लिए आश्चर्य की बात थी।

"इस बार क्या हुआ ?" मेरे दोस्त ने मुझे चिढ़ाया।

मैं इस सवाल पर मुसकराया और जवाब दिया, "रैंक कोई मायने नहीं रखती। मेरा स्कोर पिछले साल से बेहतर है और मैं इससे खुश हूँ।" मैं 'सुधार मानसिकता' का प्रतिमान बनता जा रहा था।

जब आप बेहतर होने की मानसिकता के साथ काम करते हैं तो आप अपनी तुलना अपने पिछले संस्करण से कर रहे होते हैं। आप अतीत से अपने सबक सीखते हैं और उन पर सुधार करने का प्रयास करते हैं। आप कल से थोड़ा बेहतर करना चाहते हैं, बस! आपका लक्ष्य सुधार है, उपलब्धि नहीं। आप सुधार करना चाहते हैं और दूसरों को कुछ साबित करके दिखाना नहीं चाहते हैं।

जैसा कि चार्ली मुंगेर ने बिल्कुल ठीक कहा है, "जब आप सोने के लिए बिस्तर पर जाएँ तो आपको लगना चाहिए कि आप जागने के समय से बेहतर समझदार हो चुके हैं।" यह आपको अपना सारा ध्यान वर्तमान में काम पर केंद्रित करने की अनुमति देता है। सुधार की मानसिकता आपको सुधार के लिए अपने पिछले 'स्व' को हराने के लिए कहती है, न कि किसी को हराने के लिए। आप केवल पहले से बेहतर बनना चाहते हैं, बस!

> *तीन बार के ओलंपिक स्वर्ण पदक विजेता और दस बार के तैराकी में विश्व रिकॉर्ड-धारक राउडी गेनेस ने अपना अनुभव कुछ इसी तरह साझा किया। हर अभ्यास में वह खुद को हराने की कोशिश करेगा। अगर कोच ने उसे एक मिनट पंद्रह सेकंड में 100 मीटर तैरने के लिए कहा, तो वह कर देगा। लेकिन अगले दिन वह एक मिनट चौदह सेकंड में 100 मीटर तैरने की कोशिश करेगा। खुद से प्रतिस्पर्धा करते हुए और हर दिन सुधार करने की कोशिश करते हुए उसने सारी सफलता हासिल की।*

(च) आपको जिज्ञासु और निरंतर सीखनेवाला बनाता है

इसमें कोई आश्चर्य की बात नहीं है कि बहुत से सफल लोगों में एक बात समान होती है—वे सभी निरंतर सीखनेवाले होते हैं। वे नई जानकारी को

अवशोषित करने के लिए महत्त्वपूर्ण समय निकालते हैं। जब आपके पास सुधार की मानसिकता होती है तो आप संबंधित क्षेत्र में लगातार नई जानकारियों की तलाश में रहते हैं। आप 'मुझे सब पता चल गया है', 'मैं सबकुछ जानता हूँ' और इसी तरह के दृष्टिकोण को छोड़ दें; बल्कि यह सुधार मानसिकता आपके अंदर के बच्चे को जीवंत बनाती है।

आश्चर्य है कि मैंने 'बच्चा' क्यों कहा? बच्चे हमेशा जिज्ञासु होते हैं और वे हर चीज पर सवाल उठाते हैं। वे कभी भी 'क्यों' या 'क्या हुआ' पूछना बंद नहीं करते हैं और यह तलाशते रहते हैं कि अन्य संभावनाएँ क्या हैं? सुधार मानसिकता आपको जान-बूझकर नए कौशल सीखने, नई चुनौतियों को स्वीकार करने, नए लोगों से मिलने, नई समस्याओं को सुलझाने और सभी प्रकार की रचनात्मक गतिविधियों में खुद को शामिल करने के लिए प्रेरित करती है। अपने आप को विकसित करने तथा बेहतर बनाने की चाहत में आप और नई-नई पुस्तकें पढ़ना शुरू करते हैं। यह नए दृष्टिकोण खोलता है और सोचने के नए तरीके बनाता है। इस प्रकार, यह आपके दिमाग को ताजा और रचनात्मक रूप से गतिमान रखता है। एक सुधार की मानसिकतावाले व्यक्ति के लिए विकास-कार्य स्वाभाविक हो जाता है।

अमेरिकी लेखक एवं मोटिवेशनल स्पीकर जिग जिगलर इसे इस तरह से कहते हैं—

"मैं लगातार सीखनेवाला हूँ। आपको निरंतर छात्र बने रहने की आवश्यकता है, क्योंकि चीजें बदलती हैं और आपको बदलना तथा बढ़ना होता है। और मैं 'ग्रो' शब्द पर जोर देता हूँ।"

यदि आप जो कुछ भी करते हैं, उसमें सुधार चाहते हैं या यदि आप अपने जीवन को निम्न स्तर से उच्च स्तर पर ले जाना चाहते हैं तो आपको अपने आप से तीन प्रश्न पूछने की आवश्यकता है। आइए, जानते हैं, क्या हैं वे प्रश्न।

मुख्य बिंदु

1. विकास और सुधार की मानसिकता सुनिश्चित करती है कि हम बेहतर होने के लिए प्रयास करते रहें।
2. बेहतर होने के लिए सबसे अच्छा चिह्न है कि आप अपने आप की अपने पूर्व संस्करण से तुलना करें।
3. सुधार की मानसिकतावाले व्यक्ति के लिए विकास स्वाभाविक हो जाता है।
4. एक सुधार मानसिकता आपकी कई तरह से मदद कर सकती है—
   (i) आपके जीवन को गतिशील बनाती है, आपको आपके कंफर्ट जोन से बाहर निकालती है।
   (ii) सकारात्मक दबाव का निर्माण।
   (iii) आपको इस काबिल बनाती है कि आप अपनी असफलताओं को सफलता की सीढ़ी के रूप में देखें।
   (iv) आपकी रचनात्मकता को बढ़ाती है।
   (v) आप सुधार करना चाहते हैं, न कि स्वयं को साबित करना।
   (vi) आपको जिज्ञासु और निरंतर सीखनेवाला बनाती है।

□

3

तीन सुनहरे प्रश्न

"कभी-कभी सिर्फ एक सवाल आपके पूरे जीवन की दिशा बदल सकता है।"

—अज्ञात

यह मुंबई से दिल्ली तक एक कठिन ट्रेन यात्रा थी। मैं एक पुस्तक पढ़ रहा था, जो मैं आमतौर पर लंबी यात्राओं के दौरान करता हूँ। घंटों पढ़ने के बाद मुझे एक ब्रेक की जरूरत थी, इसलिए मैंने पुस्तक बंद की और देखने लगा कि उस डिब्बे के अन्य यात्री क्या कर रहे थे।

"यह क्या है?" यह एक बिल्ली है। "और यह क्या है?" एक माँ अपने बच्चे को कुछ चीजें दिखाकर सिखाने की कोशिश कर रही थी। मेरे बगल में एक व्यक्ति था, जो एक पहेली को हल करने में पूरी तरह से तल्लीन था। आसपास मौजूद सभी लोग आश्चर्यजनक रूप से सवाल-जवाब कर रहे थे। वे किसी-न-किसी चीज में पूरी तरह व्यस्त थे। मैंने अपने अवलोकनों को कुछ वैज्ञानिक निष्कर्षों से जोड़ने का प्रयास किया।

हमारा मस्तिष्क चाहता है कि कुछ विषय-वस्तुओं पर विचार किया जाए, ताकि वह तर्क, तर्कसंगत सोच, भेदभाव, याद करने, याद रखने आदि जैसे

असंख्य संकायों का उपयोग करके कुछ नया सीख सके। उस अर्थ में मस्तिष्क में खुद को चलायमान रखने के लिए एक अंतर्निहित प्रक्रिया है। एक प्रश्न में भी हमारे मस्तिष्क को उत्तेजित करने की क्षमता होती है। माता-पिता सहज रूप से जानते हैं कि प्रश्न कैसे पूछें, उनका उत्तर कैसे दें और फिर, फिर से वही प्रश्न पूछें तथा देखें कि क्या बच्चा याद कर सकता है! वे स्पष्ट रूप से समझते हैं कि प्रश्न व्यक्ति के मस्तिष्क को उत्तेजित करते हैं।

यदि हम जानना चाहते हैं कि हम अपने जीवन को कैसे बेहतर बना सकते हैं, तो सबसे महत्त्वपूर्ण बात यह है कि हमें अपने आप से प्रासंगिक प्रश्न पूछने की आवश्यकता है। कई बार हम गलत प्रकार के प्रश्न पूछ लेते हैं, जिसका परिणाम पूर्ण असंतोष होता है। ये गलत प्रकार के प्रश्न कुछ इस प्रकार हैं—

"मेरे पास जीवन में पर्याप्त क्यों नहीं है?"

"मैं इतना हारा हुआ क्यों हूँ?"

"सफल लोग इतने भाग्यशाली क्यों होते हैं?"

"कोई मेरी सराहना क्यों नहीं करता?" और भी कई।

जबकि इन प्रश्नों में मस्तिष्क को जोड़ने और बौद्धिक ऊर्जा को जगाने की शक्ति है, उस ऊर्जा का उपयोग व्यक्ति की कमजोरियों को पहचानने तथा उस पर और जोर देने के लिए किया जाता है। यह हमारे पास मौजूद प्रतिभाओं एवं संसाधनों को हाशिए पर रखता है।

उपर्युक्त प्रश्नों पर विचार करने के बजाय यदि हम अपने आप से विभिन्न प्रश्नों का एक सेट पूछें तो खेल बदल जाता है। यह एक चिंतनशील मनोदशा में या किसी भी प्रकार की गतिविधि में संलग्न होने पर किया जा सकता है, चाहे वह लिखना, ध्यान करना, अध्ययन करना, खाना बनाना या कुछ भी हो।

इससे हम न केवल अपने आप को अपनी चपेट में लेनेवाली नकारात्मकता से बचा सकते हैं, बल्कि और भी तेजी से प्रगति के पथ पर चल सकते हैं। तीन सुनहरे सवालों के जवाब देने की कोशिश निश्चित रूप से किसी के भी जीवन-क्रम को बदल सकती है और इसे अधिक उत्पादक तरीके से आगे बढ़ा सकती है।

तीन सुनहरे प्रश्न

तीन सुनहरे प्रश्न, जो प्रत्येक चिंतनशील व्यक्ति को अपने जीवन में सार्थक रूप से प्रगति करने के लिए स्वयं से पूछने चाहिए—

1. मैं क्या कर रहा हूँ?
2. मैं कैसे कर रहा हूँ?
3. मैं क्यों कर रहा हूँ?

1. मैं क्या कर रहा हूँ?

अद्वैत मेरा छात्र था और दसवीं कक्षा में पढ़ता था। एक बार उसने अपनी पढ़ाई के दौरान होनेवाली कठिनाई के लिए मुझसे संपर्क किया। वह एक बुद्धिमान छात्र था, लेकिन उसकी समस्या यह थी कि उसे पढ़ाए गए अध्यायों को संशोधित करने, प्रश्न-पत्रों को हल करने और ऐसी कई महत्त्वपूर्ण चीजों के लिए पर्याप्त समय नहीं मिल रहा था। वह अपने को बढ़ाना चाहता था, ताकि वह अच्छे अंक प्राप्त कर सके; क्योंकि दसवीं कक्षा उसके कॅरियर के लिए एक निर्णायक कारक थी। उससे मिलने से पहले मैंने उसके कार्यक्रम के बारे में जानने के लिए उसकी माँ से संपर्क किया था। उसकी माँ ने भी मुझसे उसके अत्यधिक सेलफोन के उपयोग के बारे में शिकायत की थी, जिसके कारण उसका बहुत सारा समय बरबाद हो रहा था।

मैंने बैठक को बहुत हलका और कुरकुरा बनाए रखा। मैंने पूरी तरह से अलग रणनीति लागू करके कुछ व्यावहारिक समय-प्रबंधन युक्तियाँ देने की कोशिश की।

"अपने सेलफोन का इस्तेमाल पूरी तरह से बंद कर दें।" इस तरह के जवाबों ने उसे संतुष्ट नहीं किया होगा। इसलिए मैंने उससे कहा कि वह अपने सेलफोन का उपयोग जारी रख सकता है; लेकिन उसे अपने फोन के उपयोग को हर रोज नोट करना चाहिए और एक सप्ताह तक उसकी निगरानी करनी चाहिए। वह इस साधारण-से लगनेवाले समाधान के लिए सहमत हो गया और चला गया।

एक हफ्ते बाद अद्वैत मुझसे मिला और मुझे अपनी रिपोर्ट दिखाई। उसे खुद यकीन नहीं हो रहा था कि वह रोजाना करीब दो से ढाई घंटे अपने फोन का

इस्तेमाल कर रहा है! उसने माना कि बहुत अधिक समय बरबाद हो रहा था। वह इस पर काम करना चाहता था और इस आदत को बदलना चाहता था।

मैंने उससे पूछा, "वह कौन सी एक चीज है, जो तुम फोन के उपयोग को कम-से-कम रखने के लिए करना चाहोगे?"

अद्वैत स्वयं समाधान के साथ आया, "मैं अपने फोन और सोशल मीडिया का उपयोग दिन में केवल तीन बार, एक बार में 15 मिनट करूँगा—शायद नाश्ते, दोपहर के भोजन और रात के खाने के बाद।"

मैंने उससे कहा कि यह एक महान् विचार की तरह लग रहा है और उसके द्वारा प्रस्तावित समाधान को मंजूरी दे दी है। मैंने उसे फिर भी सेलफोन के उपयोग पर नजर रखने के लिए कहा। मैंने उसे अपने अध्ययन के घंटों पर नजर रखने और दस दिनों के बाद मुझसे मिलने के लिए भी कहा।

दस दिनों के बाद जब वह मुझसे मिलने आया तो लगभग छलाँग लगा रहा था। वह बहुत खुश था कि मेरे द्वारा सुझाए गए समाधान ने उसके लिए काम किया। उसने अपने फोन के उपयोग को कम करके अपने अध्ययन के घंटों में सुधार किया था। उसने न केवल अपने अध्ययन के घंटों और फोन के उपयोग पर नजर रखी थी, बल्कि अपने सोने के समय, खाने के समय, टेलीविजन के समय और लगभग हर एक गतिविधि पर नजर रखी थी, जो वह दिन भर में करता था। उसने मुझे बताया कि कैसे उसने बिना सोचे-समझे टेलीविजन देखना भी बंद कर दिया था, जो अनजाने में उसके उपलब्ध समय पर भारी पड़ रहा था। यह ऐसा था, जैसे उसे अपनी उत्पादकता बढ़ाने और उसी उपलब्ध समय में अधिक काम करने के लिए जादू की छड़ी मिल गई हो।

क्या आपने नोटिस किया कि कैसे मैंने उसे किसी तरह का समाधान नहीं दिया? वह जिस संकट का सामना कर रहा था, उसका समाधान वह स्वयं ही लेकर आया था।

यदि आप इसे दूसरे तरीके से देखें तो मैंने उससे केवल इस प्रश्न का उत्तर लिखने के लिए कहा था, "मैं क्या कर रहा हूँ?" और यही कारण है कि कई आदत विशेषज्ञ हमें अपनी प्रगति को मापने या ट्रैक करने के लिए कहते हैं। वे कहते हैं, "जिन चीजों को हम मापते हैं, वे वही हैं, जिन्हें हम सुधारते हैं।"

यह माप या ट्रैकिंग और कुछ नहीं, बल्कि इस सवाल का जवाब है, "मैं क्या कर रहा हूँ?" अगर कोई वजन कम करने पर काम कर रहा है तो उससे यह सवाल पूछने से उसके द्वारा हर उस गतिविधि को ट्रैक करने में उसकी मदद करना होगा, जो भी उनके द्वारा उसके मुँह में डाली जाएगी। ट्रैकिंग डिवाइस भी यही करते हैं। वे आपको एक नंबर, एक रिकॉर्ड देते हैं, जिसे आप तोड़ने के लिए ललचाते हैं। यह आपको खुद का सबसे अच्छा संस्करण बनाता है।

अगर कोई पैसे बचाने पर काम कर रहा है तो यह सवाल पूछने से उस व्यक्ति को अपनी जेब से खर्च किए गए एक-एक पैसे को ट्रैक करने में मदद मिलेगी।

यह प्रश्न हमें काम पर ध्यान केंद्रित रखते हुए और अधिक आत्म-जागरूक बनाकर हमारे मन को 'वर्तमान' में लाने में सहायता करता है।

किसी भी बदलाव की दिशा में पहला कदम आत्म-जागरूकता है। मनोवैज्ञानिकों ने जो खोजा है, वह यह है कि किसी व्यवहार को देखने का कार्य उस व्यवहार को बेहतर के लिए बदल देता है। इस प्रश्न का उत्तर देते हुए, 'मैं क्या कर रहा हूँ?' व्यक्ति खुद को देखने के लिए मजबूर होता है। जब हम खुद को किसी गतिविधि में संलग्न होते हुए देखते हैं तो हम उस गतिविधि के बारे में अधिक जागरूक हो जाते हैं और हम इसे बेहतर तरीके से करते हैं।

उदाहरण के लिए, कार चलाते समय ट्रैक से हट जाना कार की स्वाभाविक प्रवृत्ति है। इसलिए, कार में एक स्टीयरिंग व्हील इसे ट्रैक पर रखने में मदद करता है। इसी तरह यह प्रश्न एक स्टीयरिंग व्हील के रूप में कार्य करता है और हमारे जीवन को वापस ट्रैक पर लाता है। यह हमें विचलित नहीं होने देता और हमें वह करने देता है, जो हमारे लिए सबसे महत्त्वपूर्ण है।

मुझे आज भी याद है कि बचपन में मेरी माँ मुझे और मेरे छोटे भाई गोकुल को हॉल में पढ़ने तथा होमवर्क करने के लिए कहती थीं। इस दौरान वह घर के अन्य कामों में व्यस्त रहतीं। पढ़ाई के दौरान अचानक गोकुल कोई शरारत करता। वह सबसे नटखट था और उसकी हरकतों से हम आपस में लड़ पड़ते थे। जैसे ही माँ को संकेत मिलता कि हमने झगड़ा कर लिया है, वह रसोई से चिल्लातीं, "क्या चल रहा है? क्या कर रहे हो?"

उनकी आवाज सुनते ही हम फिर से अपनी पढ़ाई में लग जाते, उन्हें हॉल में आने का मौका नहीं देते और हमें कोई और सजा नहीं मिलती।

जब भी मैं याद करता हूँ, मैं समझता हूँ कि एक साधारण प्रश्न 'आप क्या कर रहे हैं?' हमें हमारे अध्ययन की मुख्य गतिविधि की ओर ले जाएगा। मेरी माँ ने इस प्रश्न का उपयोग हमारे लिए छोटी-छोटी गतिविधियों में शामिल न होने और महत्त्वपूर्ण कार्यों को नजरअंदाज न किए जाने के लिए किया। इसी तरह, हम हमेशा अपने आप से यह सवाल पूछ सकते हैं कि 'मैं क्या कर रहा हूँ?' और अपने जीवन के वाहन को अपने पोषित लक्ष्य की ओर ले जाने के मार्ग पर ले जा सकते हैं—बिना तुच्छ बातों से विचलित हुए या लुभाए।

'मैं क्या कर रहा हूँ? मैं क्या देख रहा हूँ या कह रहा हूँ?' इस प्रकार के प्रश्न कोई भी महत्त्वपूर्ण निर्णय लेने से पहले एक शक्तिशाली विराम बटन के रूप में कार्य कर सकते हैं। यह हमें गलती करने से बचा सकता है और अंततः सुधार की सकारात्मक धुरी पर चलने में मदद करता है। यह प्रश्न अपने आप से पूछना आवश्यक रूप से हमारी गतिविधि के लिए एक उच्च मूल्य नहीं जोड़ सकता है; लेकिन यह निश्चित रूप से हमें ऐसी कोई भी छोटी-मोटी त्रुटि करने से रोकने में मदद कर सकता है, जिसके लिए हमें बाद में पछताना पड़े।

हम कुछ छोटी-मोटी खामियों या अपमानजनक आदतों के साथ जीने के इतने आदी हैं कि उन्हें पहचानना हमेशा आसान नहीं होता है, उन्हें ठीक करने की तो बात ही छोड़ दें। लेकिन इन अस्वास्थ्यकर आदतों या व्यवहार के पैटर्न को समय के साथ जबरदस्त गति मिलती है और फिर, वे सकारात्मक बदलाव के खिलाफ एक मजबूत प्रतिरोध के रूप में कार्य करते हैं। घटना घटने के प्रथम चरण में तुरंत समस्याओं को पहचानने और हल करने के लिए खुद को बार-बार प्रशिक्षित करके हम भविष्य में और अधिक दर्दनाक पश्चात्ताप से बच सकते हैं।

अपने आप से पूछना हमेशा बेहतर होता है, 'मैं क्या कर रहा हूँ?' बाद में देखने के बजाय कि 'मैंने क्या किया है!'

क्या आप जानते हैं कि टोयोटा प्रोडक्शन सिस्टम (टी.पी.एस.) टूल्स का मूल आधार क्या है? उसी अवधारणा के लिए एक जापानी नाम 'जिदोका' है, जिस पर हम चर्चा कर रहे हैं।

जिदोका को मूल रूप से टोयोटा के संस्थापक साकिची टोयोडा द्वारा 1900 के दशक की शुरुआत में एक अवधारणा के रूप में विकसित किया गया था, जब वे कपड़ा करघे के कार्य में तल्लीन थे। जिदोका ऑपरेटरों को एक असामान्य स्थिति का पता लगाने की क्षमता प्रदान करता है, जो आ सकती है और तुरंत कार्य को रोक सकती है। चूँकि पहली बार कोई समस्या होने पर काम तुरंत बंद हो जाता है, जिदोका समस्या के कारणों पर प्रकाश डालता है और उस पर तत्काल ध्यान देने का आह्वान करता है। इससे उन प्रक्रियाओं में सुधार होता है, जो दोषों के मूल कारणों को समाप्त करके गुणवत्ता विकसित करती हैं।

जैसाकि वे कहते हैं, 'इसे भूल जाओ', यह सवाल पूछा जाना कि 'मैं क्या कर रहा हूँ?' इस लक्ष्य को प्राप्त करने का औजार है।

निरंतर सुधार के लिए एक सतत जाँच

द्वितीय विश्व युद्ध के बाद के पुनर्निर्माण के वर्षों में टोयोटा ने जीवित रहने के लिए संघर्ष किया। तभी ताइची ओहनो, जिसे टोयोटा प्रोडक्शन सिस्टम (टी.पी.एस.) का जनक भी कहा जाता है, ने सोचने और कार्य-संस्कृति का एक नया तरीका स्थापित किया। ओहनो अपने फैंसी ऑफिस में कभी भी सहज नहीं थे और एक्शन के करीब तथा वास्तविकता के संपर्क में रहना पसंद करते थे। 'किसी स्थिति के तथ्यों को देखने के लिए उसे ध्यानपूर्वक देखें', उनके द्वारा तैयार किया गया एक मंत्र था।

ओहनो ने अपने नवोदित टी.पी.एस. नेताओं को फर्श पर एक चॉक सर्कल बनाकर वास्तविकता का ध्यानपूर्वक निरीक्षण करने के लिए प्रशिक्षित किया और उन्हें कई घंटों तक वास्तविकता का अवलोकन करने हेतु उसमें खड़े रहने को कहा, उन्हें यह कहते हुए कि वे खुले मन से तथा बिना उन चीजों से विचलित हुए, जो उन्हें अधिक महत्त्वपूर्ण लगती हैं, वहाँ खड़े रहें। दूसरों को यह विचार बेतुका लग सकता है, लेकिन ओहनो को नहीं।

वास्तव में, ओहनो के दृष्टिकोण से गहन अवलोकन के इस अभ्यास ने उनमें काइजेन सोच की आदत डाल दी, जो दूसरों को प्रशिक्षित करने से पहले आवश्यक थी। उन्होंने लोगों को खुद को घेरे में सीमित रखने के लिए नहीं कहा,

बल्कि आवश्यक समस्या को देखने के लिए अव्यवस्था को खोदने के लिए कहा। वह अनिवार्य रूप से उनसे यह सवाल पूछ रहा था कि 'मैं क्या देख रहा हूँ?'

"प्रक्रिया-दृश्यता, वास्तविकता को देखना, प्रक्रिया की समस्याओं को देखने और काइजेन अवसरों की पहचान करने का प्राथमिक तरीका है।" ओनो का मानना था। किसी भी परिदृश्य में इसके बारे में सोचने के लिए आप इस बात से सहमत होंगे कि प्रक्रिया-दृश्यता सभी के लिए समस्याओं को प्रकट करती है, न कि केवल प्रबंधकों के लिए। जब कुछ गलत होता है, तो कार्यकर्ता तुरंत कारण निर्धारित कर सकते हैं और काररवाई कर सकते हैं। प्रक्रिया-दृश्यता भी सभी को सामान्य रूप से प्रक्रिया में सुधार करने के विभिन्न तरीकों के बारे में सोचने के लिए प्रेरित करती है। इस प्रकार की विधि द्वारा सशक्त किए गए कार्यकर्ता प्रक्रियाओं का स्व-प्रबंधन करना सीखते हैं और उन्हें स्वचालित रूप से सुधारते हैं।

संगठन में कुछ क्षेत्र ऐसे हैं, जो एक भी त्रुटि बरदाश्त नहीं कर सकते। एच.ए.एल. में अपने पेशेवर अनुभव से मैंने देखा कि फ्लाइट हैंगर और हवाई यातायात नियंत्रण ऐसे ही क्षेत्र थे। उन्हें 'उच्च विश्वसनीयता वाले क्षेत्र' कहा जाता था, जिसका अर्थ है कि उनकी सेवाएँ इतनी महत्त्वपूर्ण और सटीक हैं कि वे सभी असफल न होने के तरीके खोजने के लिए मजबूर हैं। भले ही चेतावनी अविश्वसनीय रूप से छोटी हो, उन्हें तुरंत कड़ी और निर्णायक काररवाई करनी पड़ती है। अधिकारियों और चालक दल को यह मानने के लिए प्रशिक्षित नहीं किया जाता है कि सिस्टम पूरी तरह से चलेगा। इसके बजाय वे उस छोटे से संकेत की ओर देख रहे होते हैं, जिसके द्वारा उन्हें पता चल जाए कि कुछ गलत होने वाला है। वे अत्यधिक चौकस हैं, क्योंकि वे लड़ाकू विमान के पायलटों के जीवन तथा महँगे लड़ाकू विमानों, जिनकी कीमत करोड़ों में है, के जोखिम पर कार्य कर रहे हैं। एच.ए.एल. में उन कार्य-क्षेत्रों का दौरा करनेवाला कोई भी व्यक्ति दबाव महसूस कर सकता था, क्योंकि चालक दल लगातार इस प्रश्न से अवगत था कि 'मैं क्या कर रहा हूँ?'

हम में से जो लोग जीवन एवं मृत्यु की स्थितियों के दबाव में काम नहीं कर रहे हैं, उनके लिए यह मुश्किल हो सकता है कि हमारे दैनिक जीवन में

छोटी-छोटी परेशानियों को देख पाएँ। लेकिन फिर भी, हम अपने लिए इस उच्च विश्वसनीयता रणनीति को लागू करने के लिए खुद को प्रशिक्षित कर सकते हैं। अगर हम अपने जीवन को अगले स्तर पर ले जाना चाहते हैं तो जीवन की छोटी-छोटी चेतावनियों पर इस तरह से सावधानीपूर्वक ध्यान दें। हमें उनके बारे में पागल होने की जरूरत नहीं है; लेकिन हम इन छोटी-छोटी परेशानियों, त्रुटियों या नकारात्मक आदतों के गठन से आँखें नहीं मूँद सकते।

2. मैं कैसे कर रहा हूँ ?

वर्ष 2004 में मिशिगन के नौ अस्पतालों ने अपनी गहन देखभाल इकाइयों (आई.सी.यू.) में एक नई रणनीति को लागू करना शुरू किया। लगभग रातोंरात स्वास्थ्य सेवा पेशेवर इसकी सफलता से दंग रह गए।

इसके शुरू होने के तीन महीने बाद प्रक्रिया ने आई.सी.यू. रोगियों की संक्रमण दर में 66 प्रतिशत की कटौती दर्ज की। अठारह महीनों के भीतर इस एक विधि ने स्वास्थ्य देखभाल के खर्च में 7.5 करोड़ डॉलर की बचत भी की। सबसे अच्छी बात यह है कि इस एकल हस्तक्षेप ने केवल डेढ़ साल में 1,500 से अधिक लोगों की जानें बचाईं। रणनीति को तुरंत साप्ताहिक मेडिकल जर्नल 'न्यू इंग्लैंड जर्नल ऑफ मेडिसिन' में प्रकाशित किया गया था।

यह चिकित्सा चमत्कार जितना आप सोच सकते हैं, उससे कहीं अधिक सरल था। यह एक चेकलिस्ट थी। मिशिगन अस्पतालों में लागू की गई चेकलिस्ट रणनीति को 'कीस्टोन आई.सी.यू. प्रोजेक्ट' नाम दिया गया था। इसका नेतृत्व पीटर प्रोनोवोस्ट नाम के एक चिकित्सक ने किया, जो जॉन्स हॉपकिंस यूनिवर्सिटी के प्रोफेसर, स्कूल ऑफ मेडिसिन डिपार्टमेंट ऑफ एनेस्थिसियोलॉजी एंड क्रिटिकल केयर मेडिसिन एंड सर्जरी में थे, जिसे बाद में लेखक अतुल गवांडे ने अपनी पुस्तक 'द चेकलिस्ट मेनिफेस्टो' में लोकप्रिय बनाया। प्रोनोवोस्ट ने अस्पताल से प्राप्त संक्रमणों का अध्ययन शुरू किया।

वर्ष 2001 में यह निष्कर्ष निकाला गया कि एक साधारण 'फाइव आइटम चेकलिस्ट प्रोटोकॉल' संक्रमण को एक केंद्रीय शिरापरक कैथेटर डालकर बहुत कम कर देगा।

चेकलिस्ट डॉक्टरों को इन चरणों का पालन करना चाहिए—

1. उनके हाथ साबुन से धोएँ।
2. रोगी की त्वचा को क्लोरहेक्सिडिन एंटीसेप्टिक से साफ करें।
3. सभी रोगियों के ऊपर रोगाणुहीन परदे लगाएँ।
4. एक जीवाणुहीन मुखौटा, टोपी, गाउन और दस्ताने पहनें।
5. कैथेटर साइट पर एक स्टेरॉयल ड्रेसिंग रखें।

यह पाँच चरणीय चेकलिस्ट मिशिगन अस्पतालों द्वारा कई लोगों की जानें बचाने के लिए उपयोग किया जाने वाला एक बहुत ही सरल समाधान प्रतीत होता है, लेकिन यह शक्तिशाली था। कोई तकनीकी नवाचार या अत्याधुनिक प्रक्रियाएँ नहीं थीं। चिकित्सकों को पहले से ही इन उपायों के बारे में पता था, लेकिन उन्होंने अनजाने में उनमें से कुछ को अवश्य छोड़ दिया होगा।

यह चिकित्सक पीटर प्रोनोवोस्ट द्वारा इस विचार-विमर्श का एक स्पष्ट मामला था—'मैं कैसे कर रहा हूँ?' यह विचार, इस संबंध में कि उपचार कैसे वितरित किए जा रहे थे, रोगी की सुरक्षा में सुधार करने में मददगार सिद्ध हुआ। और उनकी रणनीति, हालाँकि सरल थी, एक महान् क्रांति लेकर आई।

कई बार हम साधारण चीजों को नजरअंदाज कर देते हैं और कोई क्रिया सिर्फ इसलिए करते हैं कि हमें उसे करना है। इस प्रश्न का उत्तर 'मैं कैसे कर रहा हूँ?' हमें अपने भीतर के सर्वश्रेष्ठ को बाहर लाने में मदद करता है। यह हमारे सोचने के लिए उपयुक्त है, 'क्या ऐसा करने का कोई और तरीका हो सकता है?' यह हमें अलग-अलग चीजें करने के लिए नहीं कहता है, बल्कि चीजों को अलग तरह से करने के लिए कहता है। यह प्रश्न किसी भी कार्य या परियोजना में निरंतर सुधार के लिए पूछेगा, जो हम कर सकते हैं और अंततः यह एक उत्कृष्ट कृति में परिणत होगा।

3. मैं क्यों कर रहा हूँ?

सन् 1961 की बात है और राष्ट्रपति जॉन एफ. केनेडी पहली बार नासा (NASA) मुख्यालय का दौरा कर रहे थे। सुविधा का दौरा करते हुए उन्होंने अपना परिचय एक चौकीदार को दिया, जो फर्श की सफाई कर रहा था और उससे पूछा कि वह नासा में क्या कर रहा था?

"मैं एक आदमी को चाँद पर लाने में मदद कर रहा हूँ!" चौकीदार ने कहा।

राष्ट्रपति केनेडी को बात समझ में आ गई। वह चौकीदार की दृष्टि और उसकी निभाई गई भूमिका को समझते थे और इस प्रकार, वह स्पष्ट रूप से बता सकते थे कि चौकीदार का एक निश्चित उद्देश्य था।

'मैं क्यों कर रहा हूँ?' हमें उस लक्ष्य के बारे में सोचने के लिए मजबूर करता है, जिसके लिए हम एक विशेष क्रिया कर रहे हैं। इस प्रश्न का उत्तर सीधे हमारे लक्ष्य के मूल में आता है। जब हमारे पास उद्देश्य की स्पष्टता होगी तो हम जो कुछ भी करते हैं, उसमें हम अपने पूरे मन से प्रयास करेंगे। दुनिया के तमाम सफल नेताओं ने इस सुनहरे सवाल का जवाब देकर शुरुआत की। नेतृत्व का पद से कोई लेना-देना नहीं है; यह उद्देश्य के बारे में है।

इस प्रश्न का उत्तर हमें ऐसे काम करने के लिए भी प्रेरित कर सकता है, जो 'असंभव के बगल में' प्रतीत होते हैं।

बस, अपने सामने एक मैराथन धावक की एक तसवीर लाएँ—एक महिला या एक पुरुष, जो दौड़ने के जूते, शॉर्ट्स या ट्रैक पैंट पहन उत्साही दर्शकों की भीड़ के माध्यम से अपना रास्ता बना रहा हो। एक 60 वर्ष की उम्र पर कर चुकी महिला के बारे में क्या कहें, जो एक प्रिंटेड सूती साड़ी में नंगे पैर दौड़ रही है, वह साड़ी उसके टखनों से कुछ इंच ऊपर है?

लता भगवान खरे महाराष्ट्र के बुलढाणा जिले में स्थित एक छोटे से गाँव की 65 साल की महिला थीं। उनका जीवन सादा था। वह और उनके पति हर दिन एक जमींदार के खेत में जाते थे और जीवित रहने के लिए पर्याप्त धन कमाते थे। उनका घर छोटा था, लेकिन उन्हें खेत से जो खाद्यान्न मिलता था, उससे उनका गुजारा हो जाता था।

उन्होंने जीवन भर जो कुछ पैसा बचाया था, वह उनकी तीन बेटियों की शादी पर खर्च कर दिया था। अब, जबकि उन्होंने अपनी जिम्मेदारियों को पूरा कर लिया था, उन्होंने जीवन के साधारण सुखों और एक-दूसरे के साथ का आनंद लिया।

एक दिन खेत से वापस आने के बाद उनके पति ने उनसे कहा कि उनकी तबीयत ठीक नहीं थी। उन्होंने पति की सहायता के लिए हर तरह की जड़ी-

बूटियों को जुटाने की कोशिश की, लेकिन वह ठीक नहीं हुए। स्थानीय सरकारी अस्पताल ने उनमें एक गंभीर संक्रमण का निदान किया और उन्होंने सिफारिश की कि उन्हें एक बड़े अस्पताल में जाना चाहिए, जिसमें बेहतर सुविधाएँ हों। लता सहम गईं। डॉक्टरों द्वारा निर्धारित महँगे परीक्षणों की तो बात ही छोड़िए, उनके पास अस्पताल जाने के लिए किराए हेतु शायद ही पर्याप्त पैसा था। आँखों में आँसू लेकर उन्होंने अपने पति को दिल दहला देनेवाली खबर बताई। वह असहायता से अभिभूत महसूस कर रही थीं। वह अपने पति को अपनी बाँहों में कैसे मरने दे सकती थीं?

अपने साहस को जुटाते हुए उन्होंने पड़ोसियों व रिश्तेदारों से अपने पति की जान बचाने के लिए एक बड़े अस्पताल में जाने के लिए आवश्यक राशि देने की भीख माँगी। उन्हें जो मदद मिली थी, उससे वे बारामती के बड़े अस्पताल में पहुँचे। डॉक्टर द्वारा उनके पति को चेकअप जोन में ले जाया गया। वह नम आँखों से कमरे के बाहर बैठी थीं, भगवान् से अपने पति के प्राण बचाने की प्रार्थना कर रही थीं।

डॉक्टर चेकअप वार्ड से बाहर आया तो लता की आँखें चमक उठीं, जो बेसब्री से अपने प्यार की सलामती की प्रतीक्षा कर रही थीं। लेकिन किस्मत ने उनके लिए कुछ और ही कहानी लिखी थी। डॉक्टर ने कहा कि ये परीक्षण इलाज शुरू करने के लिए पर्याप्त नहीं थे; आगे के परीक्षणों और दवाओं की आवश्यकता थी, जिसके लिए उन्हें एक बड़ी राशि खर्च करनी थी। लता की दृष्टि पर उदासी के बादल छा गए। ऐसा लग रहा था कि उन्हें अपने पति के इलाज के लिए जरूरी पैसे लेने के लिए कहीं नहीं जाना था। वह इस लाचारी को बरदाश्त नहीं कर सकती थीं।

वह और उनके पति गंभीर रूप से अस्पताल से बाहर चले गए। चूँकि वे अस्पताल की कैंटीन की व्यावसायिक कीमतों को वहन नहीं कर सकते थे, वे बस स्टॉप पर एक समोसेवाले के पास रुके और अखबार के एक टुकड़े पर दो समोसे लिये। जैसे ही उन्होंने अखबार को थाली के ऊपर पकड़े हुए समोसा व चटनी खाई, उन्होंने अखबार की बोल्ड मराठी हेडलाइन को देखा।

उसं पर बारामती मैराथन और उसकी पुरस्कार राशि के बारे में सुर्खियों में लिखा था। वह चिंता के कारण बार-बार पलकें झपकाती थीं और उनके मन में तरह-तरह के विचार उमड़ पड़ते थे। अगले दिन बारामती मैराथन शुरू होने वाली थी। सभी ने अपने खेल के जूते, आरामदायक शॉर्ट्स, ट्रैक

पैंट और पसीने को सोखनेवाली टीज पहन रखी थी। और वहाँ वह आईं! 65 वर्षीय लता महाराष्ट्रियन शैली की फटी साड़ी पहने, नंगे पाँव, आँखों में आँसू। उन्होंने आयोजकों के साथ बहस की, क्योंकि वे उनके मैराथन में भाग लेने के लिए तैयार नहीं थे। लता ने विनती की, भीख माँगी और आखिरकार उन्होंने लता को उसमें भागीदारी के लिए मंजूरी दे दी। लता ने जीवन में कभी दौड़ नहीं लगाई थी, मैराथन में दौड़ना तो दूर। वह कुछ और नहीं सोच सकती थीं, लेकिन अपने पति के लिए उनके मन में जो प्यार था, इस कारण से यह दौड़ उनके लिए जीवन और मृत्यु का विषय थी।

मैराथन शुरू हुई। लता ने अपनी साड़ी को अपने टखनों के ठीक ऊपर बाँध लिया। वह 16 वर्षीय किशोर की तरह भागीं। उनके दिमाग में कुछ भी नहीं आया, सिवाय इसके कि उनके पति की जान बचाने का एकमात्र तरीका मैराथन जीतना और विजेता बनकर नकद पुरस्कार प्राप्त करना था, ताकि वह अपने पति की बीमारी का इलाज करा सकें। उन्होंने अपने रास्ते में आनेवाली कठोर चट्टानों और कंकड़ की परवाह नहीं की। उनके पैरों से खून बहने लगा। उनकी साड़ी पसीने से भीगी हुई थी। लेकिन वह दौड़ती रहीं।

परिणाम˙˙ उन्होंने रेस जीत ली। यह उनके लिए दुनिया जीत लेने जैसा था! वह अपने पति को जीवित देखने जा रही थीं। बारामती की सड़कों पर भीड़ ने तालियाँ बजाकर उनकी जीत का जश्न मनाया। उनके मैराथन दौड़ने का कारण सुनकर लोग दंग रह गए और सभी ने उन्हें सलाम किया। वह वास्तव में एक हीरो थीं। लेकिन उन्होंने उन तालियों पर ध्यान नहीं दिया। उन्होंने जीत की राशि एकत्रित की और सुनिश्चित किया कि उनके पति को उचित दवा और उपचार मिले।

इसे कहते हैं भक्ति! लता ने कभी नहीं सोचा था कि वह मैराथन कैसे जीतेंगी? लता ने कभी नहीं सोचा कि वह नंगे पैर कैसे दौड़ेंगी? वह कैसे बचेंगी? वह केवल एक ही मकसद को ध्यान में रखकर भागीं और वह था अपने पति को बचाना! उनके पास इस सवाल का जवाब था कि 'मैं क्यों दौड़ रही हूँ?'

उसी तरह किसी भी कार्य को करते समय हमारे प्रयासों का समर्थन करने के लिए हमारे पास एक अच्छा कारण होना चाहिए। इस तरह, हम एक

महत्त्वपूर्ण सुधार करके अपने जीवन को सार्थक बना सकते हैं। सफलता के लिए न केवल इच्छा-शक्ति जरूरी है, बल्कि लता की तरह 'क्यों' की शक्ति भी जरूरी है। जब तक हमारे 'क्यों' पर्याप्त शक्तिशाली नहीं होंगे, तब तक सभी 'कैसे' अर्थहीन होंगे।

इसलिए, अपने आप से बार-बार ये तीन सुनहरे प्रश्न पूछने की आदत डालना शुरू करें और जीवन के हर पहलू में असाधारण सफलता देखें, जो आपके लिए महत्त्वपूर्ण है। ये पहलू संबंध, स्वास्थ्य, वित्त, परिवार, आध्यात्मिकता, व्यवसाय, शिक्षा आदि हो सकते हैं।

एक लोकप्रिय विचार है—'कार्य करने से पहले सोचें'। यह 'सोच' इन तीन सुनहरे सवालों के जवाब के लिए विराम लेने के अलावा और कुछ नहीं होनी चाहिए।

अपने लक्ष्य की ओर बढ़ने से पहले पूछे जानेवाले प्रश्नों को स्थापित करने के बाद आइए, अब हम विकास की सीढ़ी पर चढ़ने के लिए उपकरणों पर एक नजर डालें।

मुख्य बिंदु

1. किसी भी बदलाव की दिशा में पहला कदम आत्म-जागरूकता है।
2. हमारा दिमाग चुप नहीं रह सकता।
3. हमारा मस्तिष्क चाहता है कि कोई विषय-वस्तु हो, जिस पर विचार किया जा सके या कोई वस्तु हो, जिस पर वह अपना ध्यान केंद्रित कर सके।
4. सफलता के लिए न केवल इच्छा-शक्ति जरूरी है, बल्कि 'क्यों' की शक्ति भी आवश्यक है।
5. मन को व्यस्त रखने का एक अच्छा तरीका है—प्रश्न करना। एक प्रश्न हमारे मस्तिष्क को उत्तेजित करता है, उसे जगाता है और सोचने पर मजबूर करता है।
6. तीन सुनहरे प्रश्न हैं, जो आपको सफलता की ओर ले जा सकते हैं—

   (i) मैं क्या कर रहा हूँ?

   यह प्रश्न पूछकर हम अपने जीवन के वाहन को तुच्छ बातों से विचलित हुए बिना अपने पोषित लक्ष्य की ओर ले जाते हैं।

   (ii) मैं कैसा कर रहा हूँ?

   यह हमें अपने भीतर के सर्वश्रेष्ठ को बाहर लाने में मदद करता है। यह हमें चीजों को अलग तरह से करने के लिए कहता है।

(iii) मैं क्यों कर रहा हूँ?

हमें अपने आप से यह प्रश्न पूछकर अपने उद्‌देश्य के मूल पर प्रहार करना है।

7. स्वयं को प्रशिक्षित करके हम समस्याओं की पहचान कर सकते हैं और घटना के प्रथम चरण में तुरंत उनका समाधान कर सकते हैं।
8. खुद से पूछना हमेशा बेहतर होता है, 'मैं क्या कर रहा हूँ?' बजाय बाद में देखने के कि 'मैंने क्या किया है!'
9. जब तक हमारे 'क्यों' पर्याप्त शक्तिशाली नहीं होंगे, तब तक सभी 'कैसे' अर्थहीन होंगे।

□

4

विकास की सीढ़ी पर चढ़ने के लिए उपकरण

"मनुष्य औजारों का प्रयोग करनेवाला प्राणी है। औजारों के बिना वह कुछ भी नहीं है, पर औजारों के साथ वह सबकुछ है।"

—थॉमस कार्लाइल

यह समझने के बाद कि सुधार मानसिकता का सिद्धांत हमारे दैनिक जीवन में कितना आवश्यक है, स्पष्ट प्रश्न जो उठता है, वह है—'सुधार कैसे करें?'

जब आप किसी काम को शुरू करना चाहते हैं तो उसके लिए आपको एक टूल की जरूरत होती है। यदि आप एक लेखक हैं तो आपको एक कलम, कागज और अन्य लेखन-सामग्री या शायद एक लैपटॉप की आवश्यकता होगी। अगर आप दूर-दूर तक जाना चाहते हैं तो आपको वाहन की जरूरत है। यदि आपकी दृष्टि सही नहीं है तो आपको अपनी दृष्टि को नियंत्रित करने के लिए सहायता के रूप में एक चश्मा रखने की आवश्यकता है।

इसी तरह, काइजेन की प्रक्रिया सहायता के रूप में विभिन्न उपकरण भी प्रदान करती है। 5S नामक टूल उनमें से एक है।

काइजेन को लागू करने के हमारे कार्यक्रम में 5S अवधारणा के प्रयोग ने मुझे काफी हद तक आकर्षित किया। इसने मुझे इसकी महान् व्यावहारिकता एवं सुनिश्चित प्रभावशीलता की प्रकृति में और अधिक तल्लीन करने के लिए प्रेरित किया।

5S, जैसाकि हम देखेंगे, सभी सुधारों का आधार है। यह एक दृश्य कार्य-स्थल की स्थापना का प्रमुख घटक है। 5S को जापान में विकसित किया गया था और इसे 'जस्ट-इन-टाइम' निर्माण को सक्षम करनेवाली तकनीकों में से एक के रूप में पहचाना गया था। यह रिक्त स्थान को व्यवस्थित करने के लिए उपयोग की जानेवाली प्रणाली है, ताकि कार्य कुशलतापूर्वक, प्रभावी ढंग से और सुरक्षित रूप से किया जा सके। यह प्रणाली चीजों को उनके सही ढंग से निर्दिष्ट स्थानों पर रखने, कार्य-स्थलों को साफ रखने पर ध्यान केंद्रित करती है। इस प्रकार, लोगों के लिए समय बरबाद किए बिना या चोट के जोखिम के बिना अपना काम करना आसान हो जाता है।

इसलिए वास्तव में 5S का क्या अर्थ है ?

पाँच 5S चरण हैं। उनका जापानी भाषा से अनुवाद किया जा सकता है—

1. क्रमबद्ध करें,
2. क्रम में सेट करें,
3. चमकाएँ,
4. मानकीकरण करें,
5. कायम रखें।

1. **क्रमबद्ध करें (सेरी) :** सेरी (Seiri) एक स्थान में अनावश्यक लॉट से सभी आवश्यक वस्तुओं को छाँटना है।
2. **क्रम में सेट करें (सीटॉन) :** सीटॉन (Seiton) कार्य-स्थल में अपने संबंधित कार्यों को पूरा करने के लिए सभी आवश्यक वस्तुओं को उनके इष्टतम स्थान पर रखने का नाम है।
3. **चमकाओ (सेसो) :** सेसो (Seiso) नियमित रूप से कार्य-स्थल, औजारों और मशीनरी की सफाई तथा निरीक्षण करने का नाम है।

4. **मानकीकरण (सेकेत्सू) :** सेकेत्सू (Seiketsu) कार्य-स्थल में प्रक्रियाओं का मानकीकरण करना है।
5. **कायम रखना (शित्सुके) :** शित्सुके (Shitsuke) विकसित प्रक्रियाओं को बनाए रखना है और कभी भी कालभ्रमित तरीकों की ओर नहीं जाना है।

हम अपने जीवन को 'कार्य प्रगति पर है' के रूप में देख सकते हैं। हम अकसर अपने जीवन के विभिन्न पहलुओं में अपनी विभिन्न कमियों, सीमाओं, चरित्र की कमजोरियों एवं खामियों के बारे में काफी जागरूक होते हैं और अकसर कशमकश करते हैं। हम खुद को इन कमियों से मुक्त करने की तीव्र इच्छा से जूझते हैं; लेकिन हम में से अधिकांश के साथ ऐसा होता है कि हम एक स्वप्निल कैनवास पर एक यूटोपियन दृश्य को चित्रित करने में व्यस्त हो जाते हैं। इसलिए अपने जीवन में सुधार करने के लिए हमें अपने अनुत्पादक व अस्वास्थ्यकर व्यवहार पैटर्न पर निरंतर निगरानी करने की आवश्यकता है।

कई लोग नए साल में संकल्प करते हैं; लेकिन क्या वे लंबे समय तक चलते हैं?

अकसर व्यक्ति अपने जीवन को बेहतर बनाने के लिए आवश्यक परिवर्तन की मात्रा से भयभीत होता है। जब आत्मविकास की प्रक्रिया शुरू करने की बात आती है तो व्यक्ति को समय की कमी महसूस होती है। अच्छी आदतों से चिपके रहना एक कठिन काम लगता है। यह मुख्य रूप से इसलिए है, क्योंकि हम आमतौर पर गलत टूल्स की मदद से बदलाव करने की कोशिश करते हैं। और यहीं पर 5S दर्शन हमें सुधार के लिए सही उपकरण प्रदान करके हमारी सहायता के लिए आता है।

मैं आपके साथ 5.5 Ss साझा करने जा रहा हूँ—ऊपर सूचीबद्ध और काइजेन में उपयोग किए जानेवाले नहीं, बल्कि वे, जो आपके जीवन में दीर्घकालिक सकारात्मक बदलाव लाने में आपकी मदद कर सकते हैं।

परिवर्तन के 5.5 Ss—

1. अपने सुधार के क्षेत्र का चयन करें,

2. छोटी शुरुआत करें,
3. अनुसूची बनाएँ,
4. परिवेश पर ध्यान दें,
5. डटे रहें,
5.5. मदद माँगें।

मैंने इसे 5.5 क्यों कहा, 6 क्यों नहीं? यह मैं आपको थोड़ी देर में बताऊँगा।

मैं आपके साथ एक दिलचस्प कहानी साझा करता हूँ, जो उपर्युक्त सिद्धांतों के उपयोग का एक आदर्श उदाहरण है।

क्रोटन के माइलो, क्रोटन के मैग्ना ग्रीसियन शहर के छठी शताब्दी ईसा पूर्व के पहलवान थे, जिन्होंने एक शानदार कुश्ती के कॅरियर का आनंद लिया और प्राचीन ग्रीस के सबसे महत्त्वपूर्ण एथलेटिक उत्सवों में कई पुरस्कार जीते। ग्रीस में पले-बढ़े माइलो ने हमेशा क्रोटन में ग्रेको पहलवानों के प्रशिक्षण की प्रशंसा की थी। वे पहलवान शहरवासियों द्वारा सार्वभौमिक रूप से प्रशंसित व्यक्तित्व थे। उनके पास अविश्वसनीय ताकत थी और उनका शरीर ग्रेनाइट से बना हुआ लगता था। ऐसे पुरुषों के लिए माइलो की श्रद्धा रूपी प्रशंसा इतनी प्रबल थी कि उन्होंने छोटी उम्र से ही उनके जैसा बनने का फैसला कर लिया।

अपने सपने को हासिल करने की कोशिश में माइलो ने 'प्रगतिशील वजन प्रशिक्षण' की खोज की।

किंवदंती यह है कि एक दिन माइलो की अपने घर के पास एक नवजात बछड़े से टक्कर हो गई और वे गिर पड़े। बछड़े को पीछे छोड़कर चलने और अपने दैनिक व्यवसाय को जारी रखने के बजाय माइलो ने बछड़े को अपने कंधों पर उठाया और चल दिए। अगले दिन उन्होंने ठीक फिर वही काम किया और लंबे समय तक उसी कार्य को करते रहे।

हालाँकि, अधिकांश पुरुष इस तरह की सांसारिक गतिविधि से ऊब जाते होंगे, पर माइलो ने इसे बड़ी दृढ़ता के साथ जारी रखा। जैसे-जैसे दिन बीतता गया, बछड़ा बड़ा होता गया। इस तरह माइलो ने और अधिक वजन उठाना शुरू कर दिया। बछड़े को अपने कंधों पर ले जाने और उसे कंधे पर लेकर चलने के 4 साल के अभ्यास के बाद माइलो अब एक भारी बैल को आसानी से ले जा सकते थे। जैसे ही बैल परिपक्व हुआ, माइलो ने अपने शरीर को लगातार

चुनौती दी और कार्य को पूरा करने के लिए उन्हें बढ़े हुए वजन को सहन करने के लिए खुद को उसके अनुकूल करना पड़ा। इससे माइलो की बढ़ी हुई मांसपेशियों की ताकत में इजाफा हुआ।

ग्रीस में प्राचीन ओलंपिक खेलों में माइलो छह बार कुश्ती चैंपियन और अपने समय के सबसे सफल पहलवान बन गए।

इस प्रकार, हम परिवर्तन के 5S सिद्धांतों को वास्तविक जीवन में लागू कर सकते हैं—

माइलो ने बचपन से ही पहलवानों की हमेशा प्रशंसा की थी और इस तरह वे खुद एक सफल पहलवान बनना चाहते थे। उन्होंने अपने सुधार के क्षेत्र का चयन किया (पहला S, अपने सुधार के क्षेत्र का चयन करें)। माइलो ने पहले दिन एक पूर्ण विकसित बैल को उठाने की कोशिश नहीं की। उन्होंने एक नवजात बछड़े से शुरुआत की। उन्होंने कम वजन के साथ शुरुआत की (दूसरा S, छोटे से शुरू करें)। वह इसे हर दिन करते थे; इसका अर्थ है कि उनके पास कार्य करने के लिए एक कार्यक्रम था (तीसरा S, अनुसूची)। माइलो ने उसी स्थान पर अभ्यास किया था। वह बछड़ा बड़ा हो रहा था, जिसे माइलो अपने कंधों पर उठा रहे थे, शायद हर दिन औंस-दर-औंस और वजन के इन छोटे लाभों ने अपेक्षाकृत कम समय में महत्त्वपूर्ण वजन बढ़ाया। इस तरह उन्होंने अपने परिवेश (चौथा S, आसपास) का लाभ उठाया। और अंत में, उन्होंने बिना किसी असफलता के पूरे 4 वर्षों तक दृढ़ता से कार्य का अभ्यास किया। यह उनके निरंतर प्रयास (पाँचवाँ S, डटे रहें) को दरशाता है।

इसी तरह, इन 5.5 Ss ने भी मेरी बहुत मदद की है। मैंने इसे कई अन्य लोगों के साथ साझा किया है, जो परामर्श व मार्गदर्शन के लिए मेरे पास आते थे और वहाँ भी इसके महत्त्वपूर्ण परिणाम सामने आए। ये समय-परीक्षणित उपकरण हैं। यदि आप अपने जीवन को अगले स्तर पर ले जाना चाहते हैं तो ये भी आपकी मदद कर सकते हैं।

इन 5.5 Ss के विज्ञान की विस्तृत समझ प्राप्त करने के लिए आगे पढ़ते रहें।

मुख्य बिंदु

1. हमारे जीवन को 'कार्य प्रगति पर है' के रूप में देखना सबसे अच्छा है।
2. अपने जीवन में सुधार करने के लिए हमें अपने अनुत्पादक व अस्वास्थ्यकर व्यवहार पैटर्न पर निरंतर निगरानी रखने की आवश्यकता है।
3. परिवर्तन का 5.5 Ss, जो आपके जीवन के पाठ्यक्रम को बदल सकता है—
    - सुधार के अपने क्षेत्र का चयन करें,
    - छोटी शुरुआत करें,
    - अनुसूची बनाएँ,
    - परिवेश पर ध्यान दें,
    - डटे रहें,
    - मदद माँगें।
4. हमारे जीवन को बदलने के लिए आवश्यक परिवर्तन की मात्रा से भयभीत होने के बजाय हमें छोटे से शुरू करने और उस पर लगातार बने रहने के तरीकों पर ध्यान देना चाहिए।

□

अनुभाग–2

5

चुनाव करें

"जो चीजें सबसे ज्यादा मायने रखती हैं, उन्हें कभी भी उन चीजों की दया पर नहीं होना चाहिए, जो सबसे कम मायने रखती हैं।"

—जोहान वोल्फगैंग वॉन गोएथ

दिन भर काम करके थके होने के कारण मुझे नींद आने की आशंका हो रही थी। रात के करीब 9.30 बजे थे और जैसे ही मैं अपने बिस्तर पर गया, फोन की घंटी बज उठी। मैं उस कॉल को नहीं उठाना चाहता था, क्योंकि मैं बहुत ज्यादा थका हुआ था; लेकिन यह भी देखना चाहता था कि उस समय कौन कॉल कर रहा था?

कॉल ज्योति की थी। वह एक अच्छी सज्जन महिला थी, जो कि पेशे से शिक्षिका थी। वह मुझे अपना गुरु मानती थी, इसलिए मैंने फोन उठा लिया। एक जरूरी मुद्दे पर चर्चा करने के लिए वह मुझसे मिलना चाहती थी। हालाँकि, यह इतना जरूरी नहीं था, लेकिन फिर भी मिलना बहुत महत्त्वपूर्ण था। हमने अगले दिन सुबह 10 बजे के लिए अपनी बैठक निर्धारित की।

ज्योति बेहद उत्साहित थी, क्योंकि उसने एक बच्चे को जन्म दिया था, और कौन सी महिला होगी, जो इस मौके पर उत्साहित नहीं होगी! मैं बस, ज्योति और

उसके पति विनायक के साथ अपनी पिछली मुलाकात को याद करने की कोशिश कर रहा था। यह वह समय था, जब वे बच्चा पाने को लेकर बहुत उत्साहित थे।

अगले दिन ज्योति निर्धारित समय पर आ गई। मेरे पास आते ही उसका चेहरा खुशी से चमक रहा था। हमने एक-दूसरे का अभिवादन किया और बातचीत शुरू हुई। वह अपने जीवन में एक नई भूमिका निभाने के लिए उत्साहित थी। जब वह अपने नए मातृ अनुभव और अपने नवजात शिशु के गुणों के बारे में बातें साझा कर रही थी तो उसके भीतर खुशी की लहर दौड़ती दिख रही थी। कुछ ही मिनटों में मैंने देखा कि उसके चेहरे से खुशी फीकी पड़ रही थी। मैंने महसूस किया कि वह मेरे साथ कुछ और साझा करने के लिए परेशान थी।

उसने बताना शुरू किया कि कैसे माँ बनने के बाद उसके जीवन में एक स्पष्ट असंतुलन आ गया था। वह एक कॅरियर-उन्मुख महिला थी और माँ बनने से एक साल पहले उसने अपनी संस्था में 'सर्वश्रेष्ठ शिक्षक पुरस्कार' प्राप्त किया था। अगले वर्ष उसने एम.एड. के लिए प्रवेश लिया। वह कोर्स कर रही थी और अपने अध्यापकीय पेशे तथा घर के अन्य कामों के साथ-साथ इसे आगे बढ़ा रही थी। इतना ही नहीं, वह एम.एड. कर रही थी। अपने दैनिक व्यस्त कार्यक्रम में उसने अपने कौशल को सुधारने के लिए कुछ ऑनलाइन शिक्षक प्रशिक्षण पाठ्यक्रम के लिए पंजीकरण भी कराया था।

उसने शिकायत की, "मैं बहुत निराश हूँ! आप जानते हैं कि मैं अपने बच्चे से कितना प्यार करती हूँ; लेकिन वह सचमुच मेरा सारा समय ले रहा है! मैं और कुछ नहीं कर सकती।"

वह परेशान थी, क्योंकि उसे लगा कि बच्चा उसके कॅरियर पर असर डाल रहा है; क्योंकि उसकी सभी अतिरिक्त गतिविधियाँ रुकी हुई हैं और वह अन्य शिक्षकों से पीछे रह जाएगी, जो उसके साथ प्रतिस्पर्धा कर रहे थे। उसकी निरंतर चिंता इस वर्ष भी 'सर्वश्रेष्ठ शिक्षक पुरस्कार' हासिल करने की थी।

"आराम करना!" मैंने उसे सांत्वना दी, "और इस नए अनुभव की प्रकृति का आनंद लेना। तुम अब केवल एक शिक्षिका ही नहीं, बल्कि एक माँ भी हो। एक बच्चे की देखभाल करना और उसका पालन-पोषण करना तुम्हारे लिए सबसे महत्त्वपूर्ण काम है। तुम्हारी जगह कोई नहीं ले सकता। यह पूरे जीवन में

कुछ बार ही होनेवाला अनुभव है। बाकी सबकुछ समय पर छोड़ दो, सब ठीक हो जाएगा।"

मैंने उसे स्कूल से एक लंबी छुट्टी लेने और इस मातृ अनुभव को सँजोने के लिए कहा। मैंने उसे लोकमान्य बाल गंगाधर तिलक का उदाहरण दिया, जो 'स्वराज' (स्व-शासन) के सिद्धांत की वकालत करनेवाले पहले सबसे मजबूत व अग्रणी नेताओं में से एक थे।

जब बाल गंगाधर तिलक को लगा कि उनका शरीर नाजुक है तो उन्होंने सोचा कि वे कमजोर शरीरवाले हैं और देश के लिए अपने प्राणों की आहुति कैसे दे सकते हैं? इसलिए उन्होंने कॉलेज में अपने पहले वर्ष के दौरान अपनी पढ़ाई की कीमत पर अपनी काया में सुधार करने का फैसला किया। उन्होंने एक अल्प अवकाश लिया और रोजाना व्यायाम करना शुरू कर दिया, अपने भोजन को नियंत्रित किया और खुद को खेलों में व्यस्त रखा। धीरे-धीरे वे एक कुशल तैराक और पहलवान बन गए। उन्होंने अपनी काया को इस कदर विकसित किया कि हर कोई उनकी फिटनेस पर अचंभित रह गया।

बाद में, उन्होंने अपनी शिक्षा जारी रखी और न केवल स्नातक की डिग्री प्राप्त की, बल्कि कानून की डिग्री भी प्राप्त की। अपने जीवन के बाद के चरण में उन्होंने दो साप्ताहिक समाचार-पत्र 'केसरी' और 'मराठा' शुरू किए। वे भारतीय स्वतंत्रता आंदोलन के अग्रणी नेता होने के नाते सबसे बड़े सामाजिक योगदानकर्ताओं में से एक बन गए। वे इतने प्रसिद्ध हो गए कि वे न केवल एक निर्वाचित नेता थे, बल्कि लोगों द्वारा स्वीकृत नेता भी थे। यही कारण है कि उन्हें 'लोकमान्य' की उपाधि प्रदान की गई।

मैंने ज्योति को सलाह दी, "अपनी माँ और अन्य सभी महिलाओं से सलाह लो कि बच्चे की अधिक पौष्टिक तरीके से देखभाल कैसे करें? पालन-पोषण के बारे में पढ़ो और अपने जीवन के इस क्षेत्र में सुधार करने के लिए हरसंभव प्रयास करो। 'सर्वश्रेष्ठ शिक्षक' का पुरस्कार आपके शस्त्रागार में है। अब 'सर्वश्रेष्ठ माँ' का पुरस्कार जोड़ने का समय आ गया है।"

अब तक उसने यह भी महसूस कर लिया था कि जैसे-जैसे बच्चा बड़ा होगा और अपने जीवन में एक अलग प्रगतिशील चरण में प्रवेश करेगा, वह

अपने व्यक्तिगत लक्ष्यों को पूरा करने और अन्य क्षेत्रों में विभिन्न तरीकों से योगदान करने में सक्षम होगी। चूँकि बच्चा अभी उस पर निर्भर था, इसलिए उसे अन्य चीजों को याद करने की भावना महसूस हो रही थी।

जिस तरह ज्योति को अपने जीवन में एक दुविधा का सामना करना पड़ा, उसी तरह हम सब भी हर रोज ऐसी उलझनों में फँस जाते हैं। हम बस, यह नहीं समझते हैं कि हमें क्या लगता है कि हमें क्या करना चाहिए या हम क्या करना चाहते हैं और वास्तव में हमें क्या करना चाहिए! हम जो काम कर रहे हैं और जो किया जाना चाहिए, उसके बीच कोई संबंध नहीं होने पर हम क्रोधित हो जाते हैं और परेशानी से जूझते हैं। इसलिए जीवन में करने के लिए सबसे महत्त्वपूर्ण चीजों की पहचान करना सबसे महत्त्वपूर्ण है। अपने दोस्त विक्की से हमने यही बात बड़े ही विचित्र तरीके से जानी—

विक्की एक बार अकेले अपनी कार से दूसरे शहर जा रहा था। घंटों गाड़ी चलाने के बाद वह एक रेस्टोरेंट में रुका। जब वह रेस्टोरेंट से निकला तो कार स्टार्ट नहीं कर पा रहा था। उसने काफी देर तक कोशिश की, लेकिन कोई लाभ नहीं हुआ। अपने सभी थकाऊ प्रयासों के साथ वह रेस्तराँ मालिक का ध्यान आकर्षित करने के अलावा और क्या कर सकता था! यह देखकर मददगार मालिक ने अपना एक नौकर पास के गैरेज में भेज दिया और वह विक्की की मदद करने के लिए वहाँ से एक मेकैनिक ले आया।

मेकैनिक के आने के बाद उसने बोनट खोला और लगभग 15 मिनट तक विभिन्न तारों एवं इंजन को देखता रहा। फिर उसने अपने औजारों के डिब्बे से एक हथौड़ा निकाला और इंजन के एक विशेष हिस्से पर मारा।

इसके बाद उन्होंने विक्की से इंजन स्टार्ट करने को कहा। इंजन स्टार्ट हुआ। उस मेकैनिक ने विक्की को मंत्रमुग्ध कर दिया। विक्की ने उसे धन्यवाद दिया और पूछा कि उसे कितना भुगतान करना चाहिए? मेकैनिक ने कार ठीक करने के बदले 1,000 रुपए की माँग की।

विक्की अवाक् रह गया। वह बोला, "यह बहुत ज्यादा है। तुमने अपने हथौड़े से बस, इंजन के एक हिस्से पर मारा और इतना सा करने की कीमत सौ रुपए से अधिक नहीं होनी चाहिए!"

मेकैनिक ने स्पष्ट रूप से उत्तर दिया, "मैंने हथौड़ा मारने के लिए सिर्फ एक रुपए का शुल्क लिया है और बाकी यह पहचानने के लिए है कि इसे कहाँ मारा जाए!"

यह घटना किसी के जीवन में सफलता प्राप्त करने के सबसे महत्त्वपूर्ण और बुनियादी सिद्धांत को दरशाती है। यह जानना कि हमें अपने जीवन में कौन सा क्षेत्र हिट करना है—जो कुछ भी हम हासिल कर सकते हैं, उसका सबसे महत्त्वपूर्ण निर्धारक है।

जिस तरह सूर्य की किरणें जब एक आवर्धक काँच के माध्यम से केंद्रित होती हैं तो तीव्र गरमी और आग पैदा कर सकती हैं, उसी तरह आपकी बुद्धि एवं क्षमताएँ एक प्रमुख क्षेत्र पर केंद्रित होने पर आपको और अधिक हासिल करने में सक्षम बनाती हैं।

टोनी रॉबिंस टिप्पणी करते हैं, "नियंत्रित फोकस एक लेजर बीम की तरह है, जो किसी भी ऐसी चीज को काट सकता है, जो आपको रोकती हुई प्रतीत हो रही हो! जब हम किसी भी क्षेत्र में लगातार सुधार पर ध्यान केंद्रित करते हैं तो हम उस क्षेत्र को बेहतर बनाने के लिए अद्वितीय निपुणता विकसित करते हैं।"

जब हम सुधार के लिए एक क्षेत्र चुनने की बात करते हैं तो हमारे दिमाग में असंख्य चीजें आ सकती हैं। हम अपने जीवन के हर क्षेत्र में सुधार करना चाहते हैं और हम ऐसी दर्जनों चीजें देख सकते हैं, जिनमें सुधार की जरूरत है। लेकिन हमें उस विशेष क्षेत्र को चुनने की जरूरत है, जो सबसे महत्त्वपूर्ण है, जिस पर कार्य करना हमारे जीवन में सभी बदलाव ला सकता है। हमें केवल वॉरेन बफे द्वारा सिखाई गई उन्मूलन की रणनीति को प्राथमिकता देने और उसका उपयोग करने की आवश्यकता है।

वॉरेन बफे, स्व-निर्मित बहु-अरबपति—जिन्हें लगातार दुनिया के सबसे धनी लोगों में स्थान दिया गया है—ने कथित तौर पर अपने पायलट को प्राथमिकता देने के लिए एक सरल तीन चरणों की प्रक्रिया दी, जो हमारी मदद के लिए तब काम आ सकती है, जब हम सुधार के क्षेत्र को प्राथमिकता देते हैं।

माइक फ्लिंट 10 वर्ष तक बफे के निजी हवाई जहाज के पायलट थे। फ्लिंट के अनुसार, वे बफे के साथ अपने कॅरियर की प्राथमिकताओं के बारे में

बात कर रहे थे, जब उनके बॉस ने पायलट को तीन-चरणीय अभ्यास से गुजरने के लिए कहा।[1]

चरण 1 : आप अपने शीर्ष पच्चीस कॅरियर लक्ष्यों को लिख लें।

चरण 2 : आप कुछ आत्म-निरीक्षण करें और पाँच सर्वोच्च प्राथमिकता वाले लक्ष्यों पर ध्यान केंद्रित करें''सिर्फ पाँच।

चरण 3 : आप उन बीस लक्ष्यों पर अच्छी तरह से ध्यान दें, जिन्हें आपने अभी तक प्राप्त नहीं किया है, जिनसे आप हर बार चूक जाते हैं। ये वही हैं, जो आपको विचलित करते हैं; वे आपके समय व ऊर्जा को खा जाते हैं और आपका ध्यान उन लक्ष्यों से हटा देते हैं, जो आपके लिए अधिक मायने रखते हैं।

यह तकनीक आपको अपने जीवन की अनावश्यक चीजों को खत्म करने और ध्यान केंद्रित करने के लिए सबसे महत्त्वपूर्ण कार्यों का पता लगाने में मदद कर सकती है। यदि आप प्राथमिकता के इस तरीके का पालन करते हैं तो आप वॉरेन बफे नहीं बनने जा रहे हैं। लेकिन जीवन में जहाँ आप होना चाहते हैं, उसके करीब जाने का आपको एक बेहतर अवसर निश्चित रूप से मिलेगा।

क्रिटिकल पाथ मेथड

सुधार के लिए मुझे कौन सा क्षेत्र चुनना चाहिए, इसका उत्तर औद्योगिक टर्म 'क्रिटिकल पाथ मेथड' (CPM) द्वारा दिया जा सकता है।

CPM उन परियोजनाओं को सँभालने के लिए परियोजना प्रबंधन में सबसे व्यापक रूप से उपयोग की जानेवाली अवधारणाओं में से एक है, जो प्रकृति में जटिल हैं और महत्त्वपूर्ण गतिविधियों को शामिल करती हैं।

किसी दिए गए प्रोजेक्ट में सैकड़ों गतिविधियाँ हो सकती हैं, जो परस्पर संबंधित हैं। सबसे महत्त्वपूर्ण गतिविधियों की पहचान करना लगभग असंभव लग सकता है; जो छूट गए हैं, वे पूरी परियोजना को प्रभावित करेंगे।

CPM 1950 के दशक में बनाई गई एक परियोजना प्रबंधन तकनीक थी और यह इन महत्त्वपूर्ण कार्यों की पहचान करने तथा पूरे प्रोजेक्ट में आवश्यक चीजों पर पूरा ध्यान देने के साथ ट्रैक पर रहने की अनुमति देती है। CPM न

1. ज्यादा जानकारी के लिए https://jamesclear.com/buffett-focus पर देखें

केवल किसी दिए गए प्रोजेक्ट में सबसे महत्त्वपूर्ण कार्यों को मैप करता है, बल्कि यह प्रोजेक्ट पूरा होने की तारीख का अनुमान लगाने में भी मदद करता है। एक परियोजना में कितना समय लगता है, यह अकसर सबसे महत्त्वपूर्ण कार्य पर निर्भर करता है, जो इसे गठित करता है। सबसे लंबी अवधि वाले पथ को 'महत्त्वपूर्ण पथ' कहा जाता है और यह परियोजना की समग्र अवधि निर्धारित करता है। महत्त्वपूर्ण पथ बनानेवाले कार्यों पर ध्यान केंद्रित करके परियोजना प्रबंधक परियोजना को समय पर पूरा करने की संभावना को अधिकतम करता है।

कुछ संसाधन (मनुष्य, मशीनरी और धन) आमतौर पर एक परियोजना में विभिन्न गतिविधियों के लिए सामान्य होते हैं। क्रिटिकल पाथ संसाधनों के आवंटन में प्राथमिकता दी जानेवाली गतिविधियों को परिभाषित करता है। इसी तरह, हमें जीवन के उन महत्त्वपूर्ण क्षेत्रों की भी पहचान करने की आवश्यकता है, जिनकी निगरानी और सावधानीपूर्वक नियंत्रण करने पर हमें एक सार्थक जीवन जीने में मदद मिल सकती है।

इतालवी अर्थशास्त्री विल्फ्रेडो पैरेटो (1848-1923) ने सन् 1906 में देखा कि इटली में 20 प्रतिशत लोगों के पास देश की 80 प्रतिशत संपत्ति है। जैसे-जैसे समय आगे बढ़ता गया, इस अवलोकन को 'पैरेटो सिद्धांत' या '80/20 नियम' के रूप में जाना जाने लगा।

यह बिल्कुल 80/20 नहीं है, बिल्कुल भी नहीं। कभी-कभी यह 79/21 या 82/18 होता है; लेकिन अंतर्निहित सिद्धांत हमेशा सत्य होता है। यह केवल एक सिद्धांत नहीं है, बल्कि अब तक खोजे गए सबसे महान् उत्पादकता सत्यों में से एक है। यह सिद्धांत दुनिया भर में कई बहुराष्ट्रीय कंपनियों के साथ-साथ छोटी फर्मों द्वारा भी लागू किया जाता है।

मोटे तौर पर सभी परिणामों का 80 प्रतिशत 20 प्रतिशत प्रयासों से आता है। रिचर्ड कोच ने अपनी पुस्तक 'द 80/20 प्रिंसिपल' की टिप्पणी में लिखा— '80/20 सिद्धांत इस बात पर जोर देता है कि कारणों, इनपुट्स या प्रयासों की अल्प संख्या बहुसंख्यक परिणामों, उत्पादन या पुरस्कार लेकर आती है।'

मुद्दा यह है कि सबकुछ समान रूप से मायने नहीं रखता; कुछ चीजें दूसरों से ज्यादा मायने रखती हैं। इसलिए, एक बार जब हम पहचान लेते हैं कि हमारे

जीवन में कौन सी 20 प्रतिशत गतिविधियाँ सबसे महत्त्वपूर्ण हैं, तो हम अपनी ऊर्जा को उन पर केंद्रित करके अधिक प्रभावी हो सकते हैं।

इसलिए, सबसे पहले और सबसे महत्त्वपूर्ण हमें एक ऐसे क्षेत्र का चयन करने की आवश्यकता है, जहाँ हम कुछ निश्चित सुधार करने के लिए अपने समय, ऊर्जा और संसाधनों को केंद्रित करना चाहते हैं।

एक जंजीर उतनी ही मजबूत होती है, जितनी उसकी सबसे कमजोर कड़ी। इसी तरह, हमें यह पहचानने की जरूरत है कि हमारे जीवन का कौन सा क्षेत्र कमजोर कड़ी का प्रतिनिधित्व करता है?

दिमागी कसरत

1. अपने जीवन का सबसे महत्त्वपूर्ण क्षेत्र लिखिए, जिसमें सुधार की आवश्यकता है।

   ____
   ____
   ____
   ____
   ____

2. कार को स्टार्ट करने के लिए आपको कहाँ हथौड़े से मारने की जरूरत है?

   ____
   ____
   ____
   ____
   ____

मुख्य बिंदु

1. हमें वॉरेन बफे द्वारा सिखाई गई उन्मूलन की रणनीति को प्राथमिकता देने और उसका उपयोग करने की आवश्यकता है।
2. जीवन में करने के लिए सबसे महत्त्वपूर्ण चीजों की पहचान करना सर्वोपरि है।
3. अपने जीवन की अनावश्यक चीजों को हटा दें और ध्यान केंद्रित कर सबसे महत्त्वपूर्ण कार्यों का पता लगाएँ।
4. हमें जीवन के महत्त्वपूर्ण क्षेत्रों की पहचान करने की भी आवश्यकता हैं, जिनकी सावधानीपूर्वक निगरानी करने पर हमें एक सार्थक जीवन जीने में मदद मिल सकती है।
5. सबकुछ समान रूप से मायने नहीं रखता; कुछ चीजें दूसरों की तुलना में अधिक मायने रखती हैं।
6. सबसे पहले और सबसे महत्त्वपूर्ण, हमें एक ऐसे क्षेत्र का चयन करने की आवश्यकता है, जहाँ हम कुछ निश्चित सुधार करने के लिए अपना समय, ऊर्जा और संसाधनों को केंद्रित करना चाहते हैं।

□

6

छोटे से शुरुआत करें

"हजारों मील की यात्रा एक कदम से शुरू होती है।"

—लाओ त्जू

"अपना समय कुछ रचनात्मक उपयोग के लिए लगाएँ।" मेरे पिता ने मेरे स्कूल के दिनों में मेरी गरमी की छुट्टियों में लगातार यही सलाह दी थी। उन्होंने लगभग 15 वर्षों तक भारतीय सेना में काम किया और वे अपने स्वास्थ्य तथा शारीरिक फिटनेस के बारे में बहुत सतर्क थे। वे मेरे बारे में विशेष रूप से चिंतित थे, क्योंकि उस समय मेरा शरीर काफी कमजोर था। वे मुझे सुबह जल्दी जगाते थे और जॉगिंग के लिए जाने के लिए कहते थे तथा व्यायाम में अधिक समय लगाने के लिए जोर देते थे।"

हालाँकि, मैं पहले से ही हर सुबह दौड़ने जा रहा था, क्योंकि मैं पाँचवीं कक्षा में था और वे चाहते थे कि मैं और अधिक दौड़ लगाऊँ। उनके द्वारा मेरे लिए और चिंता व्यक्त करने के बाद मैंने एक जिम में शामिल होने का फैसला किया, जहाँ मेरा दोस्त हर्षद अपनी दैनिक कसरत करता था।

नौवीं कक्षा में प्रवेश करने से पहले गरमी की छुट्टियों में मैंने अपने जीवन में पहली बार जिम का दौरा किया। हर्षद ने मुझे जिम में सबकुछ देखने के लिए

कहा। जिम में तरह-तरह के उपकरण देखकर मैं बहुत रोमांचित था। अर्नोल्ड श्वार्जनेगर सहित महान् बॉडी बिल्डरों की तसवीरें विभिन्न दीवारों पर चिपकी हुई थीं। उनकी शारीरिक फिटनेस और लुक मुझे कुछ कसरत करने के लिए प्रेरित कर रही थीं। हर्षद अपनी कसरत में व्यस्त था और प्रशिक्षक अन्य सदस्यों का मार्गदर्शन करने में व्यस्त था।

दीवारों के साथ-साथ बेंचों की एक लाइन लगी हुई थी, जिन पर लोगों ने विश्राम किया और दोनों हाथों से अलग-अलग भार उठाए। वजनवाली एक खाली बेंच की तरफ मेरा ध्यान आकर्षित हुआ। जिज्ञासावश मैं अपनी ताकत आजमाने के लिए आगे बढ़ा। मैं लेट गया और पूरी तरह से गलत तरीके से वजन उठाने की कोशिश की। यह देखकर कि मैं क्या कर रहा था और कुछ आसन्न आपदा को भाँपते हुए वहाँ मौजूद प्रशिक्षक मुझ पर बहुत तेजी से चिल्लाया, "अरे मूर्ख, क्या अपनी पीठ तोड़ना चाहते हो? वजन लगभग 30 किलोग्राम है और यह तुम्हारी कसरत के लिए बिल्कुल उपयुक्त नहीं है, खासकर तब, जब आज तुम्हारा पहला दिन है!"

इसके बाद उन्होंने मुझे अपने मार्गदर्शन में बहुत कम वजन के साथ कसरत शुरू करने की बहुत अच्छी सलाह दी। एक बहुत ही महत्त्वपूर्ण सबक मेरे सामने आया—शुरुआत छोटे से करें।

जो लोग बॉडी बिल्डिंग के लिए जिम गए हैं, वे यकीन के साथ कह सकते हैं कि उन्होंने धीरे-धीरे विकास करते हुए छोटे-छोटे कदम उठाकर अपनी बॉडी बनाई। यह सिद्धांत न केवल भौतिक शरीर-निर्माण, बल्कि जीवन के कई अन्य क्षेत्रों में भी सच है; जैसे—भविष्य के लिए धन की बचत, मजबूत संबंध बनाना, कॅरियर बनाना आदि।

मुझे याद है, जब मैं बच्चा था, तब मुझे मेरे चाचा से उपहार के रूप में एक गुल्लक मिली थी। आप में से कई लोगों ने बचपन में गुल्लक का इस्तेमाल किया होगा। यह टेराकोटा या धातु से बना एक छोटा सा कंटेनर होता है, जिसका उपयोग बच्चे अपने पैसे बचाने के लिए करते हैं। मुझे वह उपहार मिलने के बाद यह बहुत सुखद लगता था, जब मैं उसमें प्रतिदिन केवल एक पैसा या एक आना डालता था। मैंने इस आदत को एक साल तक जारी रखा और गणेश चतुर्थी के दिन सबने उसे

खोल दिया। मुझे यह देखकर आश्चर्य हुआ कि मैंने लगभग 2,000 रुपए बचाए थे, जो 1990 के दशक में एक बड़ी राशि थी, खासकर एक बच्चे के लिए।

हमने अपने घर में भगवान् गणेश को स्थापित किया, वेदी को सजाया, एक अनाथालय में नोटबुक और कलम दान की, अपने अगले शैक्षणिक वर्ष के लिए नई पुस्तकें खरीदीं और जाहिर तौर पर एक नई गुल्लक खरीदी। एक वर्ष के लिए केवल छोटी राशि की बचत से हम बहुत सी चीजें देखकर चकित रह गए। जब हम गुल्लक में सिक्का डालते हैं तो हम यह नहीं देखते कि हमने अब तक कितना बचाया है ? यह ऐसा है, जैसे सिक्का गुमनामी में है, अँधेरे के अज्ञात गड्ढे में। लेकिन एक बार खोलने के बाद प्रत्येक सिक्का अथवा पैसा मायने रखता है और भारी मात्रा में जुड़ जाता है।

शायद कुछ ऐसा तब होता है, जब हम आत्म-सुधार की दिशा में छोटे-छोटे कदम उठाते हैं। हमें ऐसा लग सकता है कि हम कुछ भी महत्त्वपूर्ण नहीं कर रहे हैं या हम एक महत्त्वपूर्ण बदलाव नहीं ला रहे हैं। लेकिन समय के साथ हमारे कार्यक्षेत्र में आया परिवर्तन काफी बड़ा है, जिसे हम अन्यथा नहीं ले पाते।

दुर्भाग्य से, आज हम एक ऐसी दुनिया में रहते हैं, जहाँ पर हमें कुछ बड़ा सोचने के लिए हम पर निरंतर बमवर्षा होती रहती है—बड़े लक्ष्य पाने, आसमान से भी ऊँचे-बड़े सपने देखने और सनसनीखेज परिवर्तनों के लिए; इस प्रकार से तर्कयुक्त छोटे प्रयासों को ताक पर रख दिया जाता है। इस दृष्टिकोण की वजह से हम यह महसूस करना शुरू कर देते हैं कि वृद्धि संबंधी परिवर्तन का कोई विशेष अर्थ नहीं होगा और अंततः इसका कोई फायदा नहीं होगा। यद्यपि हम लक्ष्य प्राप्त करने पर उनका उत्सव मनाते हैं, हम उन रोजमर्रा की जिंदगी में प्राप्त हुई विजयों को दरकिनार करने लगते हैं, जो सर्वोच्च सफलता के लिए छोटे-छोटे कदम हुआ करती हैं।

बड़े लक्ष्य को ध्यान में रखना और सितारों पर निशाना लगाना ठीक है। लेकिन यह याद रखना भी जरूरी है कि सितारों तक पहुँचने के लिए हमें जमीन से शुरुआत करनी होगी। जब हम छोटी शुरुआत करते हैं और लगातार काम करते हैं तो हम सबसे बड़ी ऊँचाइयों को छू सकते हैं।

हर नए साल की पूर्व संध्या पर हम में से कई लोग जीवन बदलनेवाले

संकल्पों की एक सूची बनाते हैं; जैसे—

- वजन कम करने,
- अधिक संगठित होने,
- अधिक पुस्तकें पढ़ने,
- अधिक बचत करने,
- सुबह जल्दी उठने,
- अधिक विषयों पर लिखने...आदि।

हम जनवरी के पहले दिन से ही इन परिवर्तनों को पूरी तरह से लागू करने की कोशिश करते हैं। फिर भी बार-बार हुए इन अचानक सुधारों के लिए हम आवश्यक इच्छा-शक्ति को जुटा नहीं पाते हैं, कम-से-कम लंबी अवधि के लिए तो बिल्कुल नहीं। इनमें से कई संकल्प समय की कसौटी पर खरे नहीं उतर पाते हैं और ज्यादातर संकल्प, जब हम मकर संक्रांति (जो आमतौर पर 14/15 जनवरी को आती है) मनाने के लिए तैयार होते हैं, तब हमारे दिमाग से बाहर हो जाते हैं या फिर अधिक-से-अधिक वे फरवरी के मध्य में 'वैलेंटाइन डे' तक ही चल पाते हैं।

एक व्यापार समूह 'इंटरनेशनल हेल्थ, रैकेट एंड स्पोर्ट्स क्लब एसोसिएशन' (IHRSA) के अनुसार, जनवरी[2] में जिम में 12 प्रतिशत नए सदस्य शामिल होते हैं। ऐसा लगता है कि कुछ लोग अपने नए साल के संकल्पों पर काम कर रहे हैं। लेकिन आवश्यक रूप से इसका मतलब यह नहीं है कि वे उन पर दृढ़ हैं।

'इंटरनेशनल जर्नल ऑफ स्पोर्ट एंड एक्सरसाइज साइकोलॉजी'[3] में वर्ष 2009 के एक अध्ययन में पाया गया कि व्यायाम कार्यक्रम शुरू करनेवालों में से 50 प्रतिशत पहले छह महीनों के भीतर बाहर हो जाते हैं।

संकल्पकर्ताओं के दिमाग को समझते हुए मार्क ट्वेन ने कहा है, "धूम्रपान छोड़ना सबसे आसान है...मैंने इसे हजारों बार किया है।"

कई सर्वेक्षणों से पता चलता है कि एक विशिष्ट संकल्प को लगातार 10 साल दोहराया जाता है। असफलताओं के इस वार्षिक अनुष्ठान को समाप्त

---

2. https://www.usatoday.com/story/money/personalfinance/2013/01/16/gyms-new-years-resolution-rush/1779651
3. विल्सन एंड ब्रुकफील्ड, 2009

करने के लिए हमें अपने दृष्टिकोण को अपने जीवन में सनसनीखेज परिवर्तन के प्रयास के स्थान पर छोटे और साध्य परिवर्तन करने के प्रयास में बदलने की आवश्यकता है।

कनाडा के एडवेंचरर जेमी क्लार्क, जो दो बार माउंट एवरेस्ट की चोटी पर पहुँचे, कहते हैं, "छोटे में न केवल शक्ति है, बल्कि जादू भी है।"

हमें एक स्थायी परिवर्तन लाने के लिए छोटे-छोटे वृद्धिशील कदमों के इस जादू का उपयोग करने की आवश्यकता है। और वही जादू सिविल इंजीनियर चार्ल्स एलेट जूनियर की मदद के लिए आया, जिसे नियाग्रा फॉल्स[4] पर एक पुल का निर्माण करने के लिए नियुक्त किया गया था।

सन् 1846 में कनाडा एवं संयुक्त राज्य, दोनों युद्ध छेड़ने के कारण थक गए और अब वे शानदार नियाग्रा फॉल्स को अपने फायदे का सौदा बनाना चाहते थे। वे नियाग्रा नदी पर एक पुल के माध्यम से दोनों देशों को एकजुट करने के लिए सहमत हुए। दो चट्टानों के बीच व्यापक अंतर और नदी के अशांत पानी के कारण यह एक बड़ी चुनौती थी। पुल के निर्माण के लिए चुनी गई साइट व्हर्लपूल रैपिड्स की शुरुआत के ऊपर स्थित नियाग्रा गॉर्ज के पास थी।

स्थान की पहचान करने के बाद नदी के दो किनारों के बीच संचार की एक लाइन बनाना परियोजना की सबसे बड़ी चुनौती थी।

चुने हुए स्थान पर गॉर्ज से दूरी लगभग 800 फीट थी और नदी लगभग 225 फीट नीचे थी। यह स्थान प्रसिद्ध जल-प्रपात से ठीक पहले, नियाग्रा नदी के एक विशेष रूप से अशांत भाग व्हर्लपूल रैपिड्स के आरंभ में था और प्रसिद्ध फॉल के ठीक पहले था। तेज धाराओं के कारण आवश्यक केबलों को पानी के ऊपर ले जाना बहुत खतरनाक था, इसलिए पुल को बनाने के लिए वैकल्पिक और कुछ असामान्य तरीकों के बारे में सोचा जाना था। एलेट की टीम के लिए यह कार्य लगभग असंभव ही लग रहा था और उन्होंने सुझावों की तलाश शुरू कर दी। कई सुझाव आए, लेकिन वे व्यावहारिक रूप से संभव नहीं थे।

---

4. https://blog.ferrovial.com/en/2016/02/the-story-of-the-first-bridge-over-niagara-falls-begins-with-a-kite/https://www.niagarafallsinfo.com/niagara-falls-history/niagara-falls-municipal-history/historic-bridges-in-niagara/the-first-suspension-bridge/

यह तब था, जब भवन निर्माण कार्यों के पर्यवेक्षक थियोडोर जी. ह्यूलेट को एक पतंगबाजी प्रतियोगिता आयोजित करने का विचार आया था। यदि पतंगों में से एक नदी के उस पार चली जाती है तो इसके धागे द्वारा दूसरी तरफ लंगर डाला जा सकता है और इसका उपयोग उत्तरोतर भारी व मजबूत तारों को खींचने के लिए किया जा सकता है। अंत में एक स्टील केबल को स्टीम विंच द्वारा खींचा जा सकता है और सस्पेंशन ब्रिज की नींव के रूप में काम करने के लिए सुरक्षित किया जा सकता है। नदी के उस पार तक पतंग उड़ानेवाला पहला व्यक्ति 10 डॉलर का पुरस्कार प्राप्त करेगा (जो उस समय एक बहुत बड़ी धनराशि थी)। यह भी तय था कि प्रतियोगिता तब तक चलेगी, जब तक कोई सफल नहीं हो जाता।

अगले आनेवाले महीनों में दर्जनों पतंग उड़ानेवालों ने अपनी किस्मत आजमाई। प्रतियोगी इतने जुनूनी थे कि बर्फीली सर्दियों में भी बने रहे। अंत में, होमन वॉल्श नाम के एक अमेरिकी लड़के को पतंग की प्रतियोगिता में विजयी होने के लिए वह धनराशि मिली। उसने अपनी पतंग को 'द यूनियन' नाम दिया था।

'बफैलो डेली कूरियर' नाम के प्रकाशन ने 31 जनवरी, 1848 को रिकॉर्ड किया—'हमने आज संयुक्त राज्य अमेरिका और कनाडा को आधा इंच व्यास की एक तार से जोड़ दिया है।' छह महीने बाद, 1 अगस्त, 1848 को नियाग्रा फॉल्स सस्पेंशन ब्रिज जनता के लिए खोल दिया गया।

यह एक ऐसा कारनामा था, जो असंभव लग रहा था। समाधान यह था कि इसे छोटी-छोटी समस्याओं की एक श्रृंखला के रूप में हल किया जाए। इस तरह थियोडोर जी. ह्यूलेट यह पता लगाने में सक्षम हो गए कि प्रशिक्षित विशेषज्ञों की एक टीम क्या नहीं कर सकती थी! क्योंकि जब वे बड़े काम का पता लगाने की कोशिश कर रहे थे—एक पुल कैसे बनाया जाए, तो उन्होंने अपनी ऊर्जा को उस कठिन काम के सबसे छोटे हिस्से को हल करने पर केंद्रित किया—नदी के पार एक स्ट्रिंग प्राप्त करना।

ताकत, सहन-शक्ति, प्रतिरोध और संरचनात्मक स्थायित्व की विशेषतावाले पुल के निर्माण की समस्या को पतंग उड़ाने से हल किया गया था, जिसे हम नरम, नाजुक और हलका समझते हैं। यह केवल 'बड़े लक्ष्य को पूरा करने में

छोटे व कोमल कदमों की शक्ति' की ओर इशारा करता है। यह मुझे पुरानी कहावत की याद दिलाता है—"गजों (यार्ड) द्वारा यह कठिन है, लेकिन इंच-दर-इंच कुछ भी करना नामुमकिन नहीं है।"

द्विभाजन—छोटा बनाम बड़ा

आज हम 'थिंक बिग' की तर्ज पर नियमों व विचारों के साथ बमबारी कर रहे हैं। हम कुछ ऐसे लोगों को देखते हैं, जो बड़ी चुनौतियों से प्यार करते हैं और इसके लिए हमेशा उत्साहित रहते हैं। जितनी बड़ी चुनौती होती है, वे उतने ही रोमांचित और उत्पादक बनते हैं। कुछ लोग तब बेहतर करते हैं, जब वे यह सब एक साथ करना चाहते हैं। कुछ लोग तब अच्छा करते हैं, जब वे छोटे कदम उठाने के लिए खुद को प्रतिबद्ध करते हैं। तो क्या बेहतर है ? बड़ा करें या छोटे से शुरुआत करें ?

बड़ा सोचने में कोई समस्या नहीं है। हमें 'बड़ी बात' करने की जरूरत है, लेकिन 'छोटा काम' भी करके देखना है। मेरे पास भोजन की पूरी प्लेट को खत्म करने का तत्काल लक्ष्य हो सकता है, जो कि 'बड़ी' है; लेकिन यह सब कोई भी एक बार में नहीं खा सकता है ! मुझे इसे निवाला बनाकर खाना है, जो 'छोटा' है। इसलिए छोटे और बड़े में कोई विरोधाभास नहीं है। हमें एक बड़े लक्ष्य की आवश्यकता है, जिसे छोटे-छोटे कदमों में विभाजित किया जा सकता है, जो प्राप्त करने योग्य हैं, खासकर जब हमें दीर्घकालिक सुधार के बारे में सोचना है।

नैदानिक मनोवैज्ञानिकों का क्या कहना है

जब हम सुधार के बारे में सोचते हैं तो इसका अर्थ है—एक परिवर्तन, एक स्तर के प्रदर्शन से दूसरे में परिवर्तन। मनुष्य किसी भी परिवर्तन को भयावह मानता है, खासकर तब, जब परिवर्तन बहुत अधिक माँगवाला या जीवन बदलनेवाला हो।

"परिवर्तन का यह डर मस्तिष्क के मनोविज्ञान में निहित है। यह एक सिद्ध तथ्य है कि जब डर जोर पकड़ता है तो यह रचनात्मकता, परिवर्तन और सफलता को रोक सकता है।" डॉ. रॉबर्ट मौरर कहते हैं, जो UCLA स्कूल ऑफ मेडिसिन

और यूनिवर्सिटी ऑफ वाशिंगटन स्कूल ऑफ मेडिसिन के संकाय के नैदानिक मनोवैज्ञानिक हैं। डॉ. रॉबर्ट मौरर 'साइंस ऑफ एक्सीलेंस' के संस्थापक हैं तथा व्यक्तिगत और पेशेवर क्षेत्रों में काइजेन की शक्ति के प्रबल समर्थक हैं।

"मध्य मस्तिष्क वह जगह है, जहाँ आपको प्रमस्तिष्क खंड (Amygdala) नामक एक संरचना मिलेगी। प्रमस्तिष्क खंड हमारे अस्तित्व के लिए बहुत महत्त्वपूर्ण है। यह लड़ाई या उड़ान प्रतिक्रिया को नियंत्रित करता है; एक अलार्म तंत्र, जिसे हम अन्य स्तनधारियों के साथ साझा करते हैं...प्रमस्तिष्क खंड के साथ वास्तविक समस्या और इससे संबंधित आज की लड़ाई या उड़ान प्रतिक्रिया यह है कि जब भी हम अपनी सामान्य व सुरक्षित दिनचर्या से प्रस्थान करते हैं तो यह खतरे की घंटी बजा देता है। मस्तिष्क को इस तरह से डिजाइन किया गया है कि कोई भी नई चुनौती या अवसर या इच्छा कुछ हद तक डर पैदा करती है। चाहे चुनौती एक नई नौकरी हो या सिर्फ एक नए व्यक्ति से मिलना, प्रमस्तिष्क खंड शरीर के अंगों को कारवाई के लिए तैयार करने के लिए सचेत करता है। इसके साथ ही कॉर्टेक्स तक हमारी पहुँच (मस्तिष्क का सोचवाला हिस्सा) प्रतिबंधित है और कभी-कभी बंद भी हो जाती है।" मौरर ने अपनी पुस्तक 'वन स्मॉल स्टेप कैन चेंज योर लाइफ : द काइजेन वे' में बताया।

मौरर का मानना है कि काइजेन छोटे व कर्तव्यनिष्ठ प्रयासों के माध्यम से नए व्यवहार के लिए मस्तिष्क के अंतर्निहित प्रतिरोध को दरकिनार कर सकता है।

> *मेरा एक छात्र अस्वद अपनी पढ़ने की आदतों के साथ बहुत असंगत था। कुछ दिनों में वह एक पुस्तक के सौ पन्ने पढ़ लेता था और कुछ दिनों में कुछ भी नहीं। कभी-कभी तो एक हफ्ते तक भी कुछ नहीं। नतीजतन, वह बहुत कम पढ़ता था; हालाँकि, वह अधिक-से-अधिक पुस्तकें पढ़ना चाहता था।*
>
> *मैंने काइजेन की मदद लेने की सोची, खासकर छोटे-छोटे सिद्धांत समझने की कोशिश की उसके दुःख को समाप्त करने के लिए। मैंने अस्वद को एक दिन में केवल 2 पेज पढ़ने का सुझाव दिया।*
>
> *"सिर्फ 2 पेज और वह भी एक दिन में?" छोटे-छोटे कदम उठाने की शक्ति*

न जानते हुए अस्वद आश्चर्य से चिल्लाया। वह मेरी सलाह मानने को तैयार हो गया और प्रतिदिन 2 पेज पढ़ने लगा।

इसके बाद उसने खुद अपनी पढ़ने की आदतों में भारी बदलाव देखा। कभी-कभी वह और भी पढ़ता था, लेकिन वह बोनस था। वह बीमार होने पर भी दो पेज पढ़ने की इस आदत पर टिके रहने में सक्षम था, भले ही उसका कार्यक्रम बहुत व्यस्त था। मैंने उससे तीन महीने के अभ्यास के बाद उसकी प्राप्ति के बारे में पूछा।

"अद्‌भुत और सुंदर विचार!" अस्वद ने कृतज्ञता महसूस करते हुए कहा, "आपको दिन में केवल 2 पेज पढ़ने के लिए एक मजबूत उद्‌देश्य की आवश्यकता नहीं है। आपके पास इसे रोजाना करने के अलावा कोई विकल्प नहीं है। लक्ष्य इतना आसान था कि आप चूक नहीं सकते। कुछ मौकों पर मैं 50 पेज पढ़ता हूँ और कुछ दिन 100 भी, लेकिन कभी भी 2 पेज से कम नहीं। 2 पेज न्यूनतम थे और मुझे लगा कि यह संभव है। मैंने महसूस किया कि मेरे पहले के लक्ष्य तनाव पैदा करनेवाले थे; लेकिन इस अभ्यास में मैंने खुद को मुक्त और पूरी तरह से तनाव-मुक्त महसूस किया।"

क्या आप विश्वास कर सकते हैं कि एक दिन में सिर्फ एक पुशअप करने से किसी की जिंदगी बदल जाती है?

जी हाँ, दिन में एक बार पुशअप करने की वजह से स्टीफन गुइस की जिंदगी बदल गई। स्टीफन एक अंतरराष्ट्रीय बेस्टसेलिंग लेखक और ब्लॉगर बनने से पहले अपने व्यायाम की आदतों के बारे में सुस्ती के साथ लंबे समय तक संघर्ष करते रहे। सन् 2012 तक कई वर्षों तक उन्हें निराशा का सामना करना पड़ा और उनका जीवन विकास के लिए निरंतर खोज और संघर्ष था। बार-बार पीछा करने और 30 मिनट की कसरत करने में असफल होने के बाद उन्होंने सोचा, 'चाहे जो भी हो, मैं कम-से-कम एक पुशअप अवश्य करूँगा।'

उन्होंने अपने संकल्प पर काम करना शुरू कर दिया और एक दिन में कम-से-कम एक पुशअप किया, जिसे वे 'द गोल्डन पुशअप' कहते हैं और अपना जीवन बेहतरीन कर लिया।

"एक छोटी सी तथा अच्छी आदत; हालाँकि, एक बहुत छोटा व सकारात्मक व्यवहार आपको इसे हर दिन करने के लिए मजबूर करता है; इसकी बहुत छोटी

तथा असफल न होने की प्रकृति इसे भारहीन, भ्रामक रूप से शक्तिशाली और एक बेहतर आदत के निर्माण की रणनीति बनाती है।" स्टीफन गुइज ने अपनी पुस्तक 'मिनी हैबिट्स : स्मॉलर हैबिट्स, बिगर रिजल्ट्स' में बताया।

छोटी चीजें क्यों काम करती हैं

एक सनसनीखेज क्षण के महत्त्व को बहुत महत्त्वपूर्ण मान लेना और दैनिक आधार पर छोटे सुधार करने के मूल्य को कम आँकना बहुत आसान है। हम में से अधिकांश लोगों का मानना है कि बड़ी सफलता के लिए हमें बड़ी प्रगति करने की जरूरत है। ऊपर वर्णित मामले में एक पुशअप ध्यान देने योग्य भी नहीं था, लेकिन यह लंबे समय में सार्थक था।

जब हम छोटे कदम ('स्टुपिड स्मॉल'—जैसाकि इसे स्टीफन गुइज ने नाम दिया) उठाना चाहते हैं तो घर्षण बहुत कम होता है। हमारे मन में हम आमतौर पर किसी भी तरह के बदलाव का विरोध करते हैं, खासकर जब बदलाव की माँग ऊँची हो। जब हम अपने जीवन में पुशअप्स जोड़ना चाहते हैं तो एक पुशअप करने से घर्षण कम होता है और इसके लिए अधिक इच्छा-शक्ति की आवश्यकता नहीं होती है। इसलिए इसे आसानी से किया जा सकता है।

जब हम अधिक पुस्तकें पढ़ना चाहते हैं या एक स्थिर पढ़ने की आदत विकसित करना चाहते हैं तो दिन में 2 पेज एक छोटा लक्ष्य है और आसानी से प्रबंधनीय है। जब हम अधिक लिखना चाहते हैं तो एक दिन में 50 शब्द घर्षण-रहित होते हैं। इसे प्राप्त करने के लिए कोई दबाव नहीं होता है और न ही तीव्र इच्छा-शक्ति की कोई विशेष आवश्यकता पड़ती है। इस स्थायी आदत के कारण हम इन छोटे-छोटे कदमों से सहज होने लगते हैं। कुछ के लिए इसे स्वीकार करना कठिन हो सकता है; लेकिन जब हम प्रतिदिन ये कदम उठाते हैं तो हमें उपलब्धि का अहसास होता है, जो हमें और अधिक करने के लिए प्रेरित करता है, जैसाकि हमने अस्वद के साथ देखा था। कभी-कभी वह एक दिन में 2 से अधिक पेज पढ़ता था, वह न्यूनतम, जो उसने अपने लिए निर्धारित किया था; इसलिए नहीं कि उसे करना था, बल्कि इसलिए कि वह उसे प्यार करने लगा था।

बहुत से लोग पालन करने के लिए एक सख्त शासन स्थापित करते हैं और जब वे उसे प्राप्त करने में विफल होते हैं तो निराश महसूस करते हैं। जीवन अप्रत्याशित है और जब आप जानते हैं कि आपके पास व्यायाम करने के लिए एक घंटे का समय है तो मन विरोध करेगा। मन अपने कंफर्ट जोन में रहना पसंद करता है और कम-से-कम प्रतिरोध का रास्ता अपनाता है। एक सख्त शासन मन को उसके कंफर्ट जोन से बहुत दूर फेंक देता है और यह निश्चित रूप से आपके द्वारा किए गए कठोर उपचार का प्रतिकार करेगा।

अपने आप को एक छोटा लक्ष्य देते हुए आप मन को आराम दे रहे हैं, जिससे यह कंफर्ट जोन का पता लगाने एवं विस्तार करने के लिए और अधिक उत्सुक हो गया है। जल्द ही एक घंटे का व्यायाम कुछ ऐसा होगा, जिसका न केवल आपका मन अभ्यस्त है, बल्कि इसका आदी भी है। यह आपको संतुष्टि, आनंद तथा उपलब्धि की भावना देगा और बदले में आपको स्वस्थ भी रखेगा।

जब हम एक छोटा लक्ष्य प्राप्त करते हैं तो हमें न केवल उपलब्धि की भावना मिलती है, बल्कि उस काम को करने का अनुभव भी मिलता है, जिससे हम डर रहे थे। यह हमारे डर को तोड़ता है और रास्ता साफ करता है। वह अनुभव बदले में चीजों को लगातार करने के लिए एक प्रेरक कारक के रूप में काम करता है।

कम-से-कम प्रयास का नियम

हमारी ऊर्जा का हर औंस कीमती है और इसे हरसंभव तरीके से संरक्षित करने के लिए मस्तिष्क को तार-तार किया जाता है। कम-से-कम प्रयास के नियम का पालन करना मानव स्वभाव है, जिसमें कहा गया है कि दो समान विकल्पों के बीच निर्णय लेने पर लोग स्वाभाविक रूप से उस विकल्प की ओर बढ़ेंगे, जिसके लिए कम-से-कम काम की आवश्यकता होती है। जो आसान है, उसे करने के लिए हम स्वाभाविक रूप से प्रेरित होते हैं।

प्रत्येक क्रिया के लिए एक निश्चित मात्रा में ऊर्जा की आवश्यकता होती है। जितनी अधिक ऊर्जा की आवश्यकता होती है, उसके होने की संभावना उतनी ही

कम होती है। यदि आपका लक्ष्य प्रतिदिन 100 पुशअप्स करना है तो इसके लिए खुद को प्रेरित करने में इसमें बहुत अधिक ऊर्जा लगती है—न केवल शारीरिक रूप से, बल्कि मानसिक रूप से भी।

शुरुआत में जब आप प्रेरित होते हैं तो आप शुरुआत करने के लिए ताकत जुटा सकते हैं। लेकिन कुछ दिनों के बाद इतना बड़ा प्रयास थका देनेवाला लगता है। इस बीच हर दिन एक पुशअप करने की आदत से चिपके रहने के लिए आरंभ करने हेतु लगभग किसी ऊर्जा की आवश्यकता नहीं होती है। और वह कार्य के लिए जितनी ऊर्जा की आवश्यकता कम करता है, उसके होने की संभावना उतनी ही अधिक होती है।

यद्यपि आप निश्चित रूप से कठिन काम करने में सक्षम हो सकते हैं, समस्या यह है कि कुछ दिनों में तो आपको कड़ी मेहनत करने का मन कर सकता है; जबकि अन्य दिनों में आपको आराम करने का मन कर सकता है। इसलिए, आप जितना कम घर्षण का सामना करेंगे, उतनी ही अधिक आपको अपनी प्रतिबद्धता बनाए रखने की संभावना होगी। इस चर्चा के पीछे विचार आपको आसान काम करने के लिए नहीं कहना है, बल्कि लंबे समय में भुगतान करनेवाले किसी भी काम को करना जितना संभव हो, उतना आसान बनाना है।

दिमागी कसरत

उन छोटे कदमों को लिखिए, जिनके बारे में आप सोच सकते हैं, जिन पर आपकी रुचि के कम-से-कम दो विषयों पर काम करना चाहेंगे।

____

____

____

____

____

मुख्य बिंदु

1. छोटे से शुरू करने में सिर्फ शक्ति ही नहीं होती, बल्कि जादू भी होता है।
2. जब हम आत्म-सुधार की दिशा में छोटे-छोटे कदम उठाते हैं तो हमें लग सकता है कि हम कुछ महत्त्वपूर्ण नहीं कर रहे हैं और हम कोई महत्त्वपूर्ण परिवर्तन नहीं ला रहे हैं।
3. समय के साथ हमारे कार्यक्षेत्र में काफी बड़ा परिवर्तन आ जाता है, जो अन्यथा कोई व्यक्ति नहीं कर पाता।
4. छोटी-छोटी दैनिक जीतें ही परम सफलता की ओर बढ़ रहे कदम होती हैं।
5. हमें स्थायी परिवर्तन लाने के लिए छोटे-छोटे इन वृद्धिशील कदमों के जादू का उपयोग करने की आवश्यकता होती है।
6. बड़ा सोचने में कोई समस्या नहीं है। हमें 'बड़ी बात' सोचने की, लेकिन छोटे-छोटे कदम उठाने की आवश्यकता है।
7. अपने आपको एक छोटा लक्ष्य देकर आप मन को आराम दे रहे हैं, जिससे यह कंफर्ट जोन का पता लगाने तथा विस्तार करने के लिए अधिक उत्सुक हो गया है।

□

7

नियोजन

"यदि आप योजना बनाने में विफल रहते हैं तो आप असफल होने की योजना बना रहे हैं।"

—बेंजामिन फ्रेंकलिन

जिस तरह हर किसी के जीवन में कुछ-न-कुछ शौक होता है, उसी तरह मुझे विभिन्न पुरातन और साथ ही समकालीन ग्रंथों से संस्कृत छंदों को याद करने में रुचि है, जो गहन अर्थ से भरे हुए हैं। जब भी मुझे कोई ऐसा छंद मिलता है, जो मुझे दिलचस्प लगता है, हो सकता है प्रवचन सुनते समय या जब कोई मुझे एक विचारशील छंद भेजता है तो मैं उसे तुरंत याद करने का एक प्रयास मजबूती के साथ करता हूँ।

वर्ष 2014 के अंत में मैंने अपनी वार्षिक गतिविधियों की समीक्षा करने का निर्णय लिया। मैंने महसूस किया कि साल भर में मैंने अलग-अलग ग्रंथों के 40 छंदों को कंठस्थ कर लिया था। अब मैं वर्ष 2015 में प्रवेश करने वाला था और अपनी आदत में कुछ सुधार करना चाहता था। परिणामस्वरूप, मैंने प्रत्येक सोमवार और गुरुवार को एक नया छंद याद करने का निश्चय किया। और यह वास्तव में उत्साहजनक था कि मेरे लिए एक वर्ष में 104 छंदों को याद करना संभव था।

मैं नियोजन की इस आदत से स्वयं चकित था। मेरी स्मृति में संस्कृत के छंदों को आगे आनेवाले प्रत्येक वर्ष के लिए निर्धारित तरीके से करने की यह आदत मैंने जारी रखी। अब तक मैंने संपूर्ण 'भगवद्गीता', जिसमें 700 छंद और 'श्रीमद्भागवत' के लगभग 300 छंद शामिल हैं—के साथ ही अन्य विविध 200 छंदों के साथ असंख्य अन्य शास्त्रों को सिर्फ नियोजन की इस आदत के साथ याद किया है। इसके अलावा, मैंने अपनी स्मृति के लिए प्रतिबद्ध होने के लिए छंदों की कठिनाई या जटिलता के स्तर के आधार पर याद करने की अपनी इस आदत में कुछ सुधार किया। यदि छंद सरल हैं तो मैं प्रति सप्ताह लगभग 3-4 छंदों का नियोजन करूँगा और यदि मुझे वे कठिन लगते हैं तो सप्ताह में 2 से 3 छंदों का ही।

शुरुआत में, जब मैंने छंदों को याद करना शुरू किया था तो सहजता और अचानक प्रेरणा का एक तत्त्व शामिल था। बाद में, जब मैंने शेड्यूलिंग का तरीका अपनाया तो मैंने देखा कि मेरी उत्पादकता लगभग तीन गुना हो गई है। मैं न केवल अपने मन में अधिक संख्या में छंदों को याद करने में सक्षम था, इसने काम के प्रति मेरे दृष्टिकोण को भी अनुशासित किया और संतोष की भावना को बढ़ाया। इसने मुझे इस तर्ज पर आगे बढ़ने के लिए प्रोत्साहित किया कि शेड्यूलिंग की प्रक्रिया के प्रति मेरी उम्मीद व भरोसा और मजबूत हो गया।

कई बार लोग अपनी कल्पना के अनुसार अपने लिए बहुत ऊँचे लक्ष्य निर्धारित कर लेते हैं। और जब वे अपने संबंधित लक्ष्यों को पूरा करने में असमर्थ होते हैं तो प्रेरणा, दृढ़ संकल्प, संसाधनों आदि की कमी जैसे कई बहाने तैयार करते हैं। लेकिन वास्तव में जो कमी है, वह है—सही समय-निर्धारण और उचित योजना का अभाव।

कुछ करने के लिए प्रेरित होना वास्तव में अच्छा है; लेकिन समस्या यह है कि हमारी प्रेरणा हमारी भावनाओं पर आधारित होती है। वे अप्रत्याशित हैं। हमारी भावनाएँ मौसम, हमारे शारीरिक व मानसिक स्वास्थ्य, बाहरी उत्तेजनाओं, हमारी ऊर्जा के स्तर आदि जैसे कई तत्त्वों पर निर्भर करती हैं। इनमें से कई चीजों में हमारी भावनाओं को बदलने की क्षमता होती है। और किसी भी बदलाव के टिकाऊ होने के लिए हमारे पास ऐसा आधार नहीं हो सकता, जो

इतना अस्थिर हो। दूसरी ओर, जब हम एक कार्यक्रम बनाते हैं तो हमें प्रेरणा की इस अस्थिर नींव पर निर्भर नहीं रहना पड़ता है। हमें अपने शेड्यूल पर टिके रहने के लिए बस अपनी खुद की दृढ़ इच्छा-शक्ति की आवश्यकता है, चाहे हम इसे पसंद करें या न करें, और चीजों को ठीक उसी तरह से करें, जैसे वे निर्धारित की गई हैं।

सन् 2001 में ग्रेट ब्रिटेन में शोधकर्ताओं[5] ने बेहतर व्यायाम की आदतों के निर्माण के लिए यू.के. के एक विश्वविद्यालय में 248 स्नातक छात्रों के साथ काम करना शुरू किया। इसका उद्देश्य लोगों में कोरोनरी हृदय रोग (सी.एच.डी.) की दर को कम करना था। शोध की अवधि को दो सप्ताह तक रखते हुए विषयों को तीन समूहों में विभाजित किया गया था—

1. पहला समूह 'नो इंटरवेंशन ग्रुप' था, जिसे 'कंट्रोल ग्रुप' भी कहा गया। उन्हें बस, यह ट्रैक करने के लिए कहा गया कि वे कितनी बार व्यायाम करते हैं!
2. दूसरा समूह 'मोटिवेशनल इंटरवेंशन ग्रुप' था। उन्हें अपनी व्यायाम दिनचर्या पर नजर रखने और व्यायाम के लाभों के बारे में कुछ जानकारी पढ़ने के लिए कहा गया। उन्हें किसी भी अन्य सामग्री का उल्लेख करने के लिए प्रोत्साहित किया गया, जो उन्हें व्यायाम करने की स्वस्थ आदत के बारे में अंतर्दृष्टि प्रदान करती है। उन्हें सी.एच.डी. की व्यापकता और प्रकृति एवं बीमारी को रोकने पर व्यायाम के प्रभावों के बारे में जानकारी युक्त एक तथ्यात्मक स्वास्थ्य शिक्षा पत्रक प्रसारित करके शिक्षित किया गया था।
3. तीसरा समूह 'प्रेरक और स्वैच्छिक हस्तक्षेप समूह' था। प्रेरणा के समान स्तर को सुनिश्चित करने के लिए इस समूह को भी दूसरे समूह के समान जानकारी दी गई। हालाँकि, उन्हें एक योजना तैयार करने के लिए भी कहा गया कि वे अगले सप्ताह कब और कहाँ व्यायाम करेंगे!

---

5. सारा मिल्ने, शीना ऑरबेल और पास्कल शीरन, 'कंबाइनिंग मोटिवेशनल एंड वॉलिशनल इंटरवेन्शंस टू प्रमोट एक्सरसाइज पार्टिसिपेशन : प्रोटेक्शन मोटिवेशन थ्योरी एंड इंप्लिमेंटेशंस इंटेनशंस', 'ब्रिटिश जर्नल ऑफ हेल्थ साइकोलॉजी' में, खंड-7, मई 2002, 163-84

तीसरे समूह के सदस्यों को निम्नलिखित कथनों को पूरा करने के लिए कहा गया—

"अगले सप्ताह के दौरान मैं (दिन या तारीख) ________________ को ________________ (दिन के समय) पर (स्थान) ________________ पर कम-से-कम 20 मिनट के जोरदार व्यायाम में भाग लूँगा।"

पहले व दूसरे समूह में 35-38 प्रतिशत लोगों ने सप्ताह में कम-से-कम एक बार व्यायाम किया। दूसरी ओर, तीसरे समूह के 91 प्रतिशत लोगों ने सप्ताह में कम-से-कम एक बार व्यायाम किया। यह सामान्य दर के दोगुने से भी अधिक है।

दिलचस्प बात यह है कि दूसरे समूह को दिए गए प्रेरक हस्तक्षेपों का उनके व्यवहार पर कोई सार्थक प्रभाव नहीं पड़ा।

तीसरे समूह के विषयों द्वारा भरे गए वाक्य को शोधकर्ता 'कार्यान्वयन इरादा' के रूप में संदर्भित करते हैं, जो एक योजना या शेड्यूल है, जिसमें आप पहले से ही कब और कहाँ कार्य करना चाहते हैं।

कार्यान्वयन के इरादे की अवधारणा सन् 1999 में मनोवैज्ञानिक पीटर गोलविट्जर द्वारा पेश की गई थी। उन्होंने दो शब्द गढ़े—'लक्ष्य-प्राप्ति' और 'कार्यान्वयन इरादा'।

लक्ष्य-प्राप्ति से तात्पर्य है कि कोई क्या हासिल करना चाहता है और कार्यान्वयन का इरादा यह दरशाता है कि कोई इसे कब, कहाँ और कैसे प्राप्त करना चाहता है?

गोलविट्जर के अनुसार, एक मजबूत लक्ष्य-प्राप्ति का इरादा (मैं 'एक्स' स्तर तक पहुँचने का इरादा रखता हूँ) लक्ष्य-प्राप्ति की गारंटी नहीं देता है, क्योंकि लक्ष्य हासिल करने के प्रयास के दौरान लोग स्व-नियामक समस्याओं से प्रभावी ढंग से निपटने में विफल हो सकते हैं। लक्ष्य-प्राप्ति की संभावना को बढ़ाने के लिए कार्यान्वयन के इरादे प्रभावी प्रतीत होते हैं।

कार्यान्वयन इरादा हमारे लक्ष्य के इरादे का समर्थन करता है, पहले से ही यह निर्धारित करके कि मैं इस लक्ष्य को कब, कहाँ और कैसे प्राप्त करूँगा। यह रणनीति निश्चित रूप से उन लोगों की मदद करती है, जो विलंब की समस्या से जूझ रहे हैं।

दूसरे शब्दों में, अग्रिम योजना या शेड्यूलिंग का यह स्वरूप अंतर को पाट सकता है। सैकड़ों अध्ययन इस बात के प्रमाण हैं कि कार्यान्वयन के इरादे हमारे लक्ष्यों पर टिके रहने के लिए बहुत प्रभावी होते हैं।

एक बार कार्यान्वयन का इरादा निर्धारित हो जाने के बाद आपको चीजों को करने के लिए किसी प्रकार की प्रेरणा या स्मृति की दया पर निर्भर होने की आवश्यकता नहीं है। आपको बस एक पूर्व निर्धारित योजना का पालन करना है।

कार्यान्वयन का इरादा उस समय का सबसेट बन जाता है, जिसे प्रबंधन विशेषज्ञ 'टाइम ब्लॉकिंग' कहते हैं। भले ही हमने एक दिन के लिए किए जानेवाले महत्त्वपूर्ण कार्यों को निर्धारित किया हो, लेकिन हमने यह भी अनुभव किया होगा कि हमारे मन की आंतरिक सनक और अन्य लोगों या परिस्थितियों द्वारा किए गए बाहरी अनुरोध हमें अपने कार्यक्रम का पालन करने से विचलित कर देते हैं। इस प्रकार, हम असहाय रूप से समय गँवाते हैं और इन विचलित करनेवाली ताकतों के कारण शेड्यूल पर टिके रहने में विफल रहते हैं। यह वह महत्त्वपूर्ण क्षण है, जब 'टाइम ब्लॉकिंग' की अवधारणा हमारी सहायता के लिए आगे आती है।

'टाइम ब्लॉकिंग' आपके दिन के हर पल की पहले से योजना बनाने और कुछ कार्यों एवं जिम्मेदारियों के लिए विशिष्ट टाइम ब्लॉक समर्पित करने का अभ्यास है। जब भी आप करने में सक्षम हों तो आपको चीजों की एक खुली सूची रखने के बजाय प्रत्येक दिन की शुरुआत एक ठोस शेड्यूल के साथ करनी चाहिए, जो यह बताए कि आप किस पर और कब काम करेंगे? जब आपका कैलेंडर उन कार्यों से भरा होता है, जिन्हें आप करना चाहते हैं, तो दूसरों के लिए आपका समय चुराना और आपके दिमाग के लिए 'न' कहना उतना ही कठिन होता है।

'टाइम ब्लॉकिंग' एक गार्डिंग रेल के रूप में कार्य करता है और हमें इसका शिकार बनने से रोकता है, जिसे 'पार्किंसन्स नियम' के रूप में जाना जाता है—"काम का विस्तार होता है, ताकि इसको पूरा करने के लिए उपलब्ध समय का संपूर्ण प्रयोग किया जा सके।"

अपने दिन के हर मिनट को शिड्यूल करके आप खुद को विकर्षणों से बचाते हैं और अपना ध्यान केंद्रित करते हैं।

जाहिर है, ऐसा हो सकता है कि किसी विशेष कार्य को करने के लिए आपका समय का अनुमान गलत हो सकता है, या कोई सहज महत्त्वपूर्ण कार्य आपके रास्ते में आ सकता है; लेकिन आप निश्चित रूप से अपनी योजना को फिर से निर्धारित कर सकते हैं, क्योंकि वह आप ही हैं, जिन्होंने इसे बनाया है। शेड्यूलिंग का लक्ष्य है—

- एक संरचित दिन प्राप्त करना।
- सबसे महत्त्वपूर्ण कार्यों को निपटाना।
- इस बात से अवगत रहना कि मैं अपने उपलब्ध समय के साथ क्या कर रहा हूँ!

समय-निर्धारण वास्तव में एक अमूल्य उपकरण है। यह बार-बार निर्णय लेने की प्रक्रिया को समाप्त करने में मदद करता है; यह हमें अपने सीमित आत्म-आदेश का अधिकतम लाभ उठाने में मदद करता है; यह हमें टाल-मटोल से लड़ने में मदद करता है; यह हमें 'न' कहने के लोभ से मुक्त करने में हमारी मदद करता है। यह सब हमें जीवन में समय नष्ट करनेवालों की पहचान करने में मदद करता है। और सबसे महत्त्वपूर्ण बात, शेड्यूलिंग की रणनीति हमें उन चीजों के लिए समय निकालने में मदद करती है, जो हमारे लिए सबसे महत्त्वपूर्ण हैं।

एक बार जब हम इस अग्रिम शेड्यूलिंग तकनीक की शक्ति का दोहन कर लेते हैं तो हम निश्चित रूप से अपनी वास्तविक क्षमता को उजागर कर सकते हैं और उन चीजों पर काम कर सकते हैं, जो सबसे ज्यादा मायने रखती हैं। जैसाकि किसी ने ठीक ही कहा है, "यदि आप अपना शिड्यूल नहीं बनाते हैं तो कोई अन्य आपके लिए इसे बना देगा।"

इसलिए आइए, हम अपने जीवन का नियंत्रण किसी और के हाथ में न दें। आइए, हम एक कार्य-योजना तैयार करके अपने जीवन पर पूर्ण नियंत्रण रखने की तैयारी करें।

दिमागी कसरत

जिन छोटी-छोटी चीजों पर आपने काम करने का फैसला किया है, उनके लिए एक DTP (दिनांक, समय और स्थान) प्रारूप उनके कार्यान्वयन इरादे को लेकर बनाएँ—

कार्य	दिनांक	समय	स्थान	कार्यान्वयन इरादे

मुख्य बिंदु

1. शेड्यूलिंग की रणनीति हमें उन चीजों के लिए समय निकालने में मदद करती है, जो हमारे लिए सबसे महत्त्वपूर्ण हैं।
2. लक्ष्य-संदर्भित इरादे से तात्पर्य है कि कोई क्या हासिल करना चाहता है।
3. कार्यान्वयन के आशय से तात्पर्य है कि कोई व्यक्ति कब, कहाँ और कैसे लक्ष्य प्राप्त करना चाहता है।
4. एडवांस प्लानिंग या शेड्यूलिंग इरादा व व्यवहार के अंतर को पाट सकता है।
5. 'टाइम ब्लॉकिंग' आपके दिन के हर पल की पहले से योजना बनाने और कुछ कार्यों एवं जिम्मेदारियों के लिए विशिष्ट टाइम ब्लॉक समर्पित करने का अभ्यास है।
6. शिड्यूलिंग का लक्ष्य है—
    - एक संरचित दिन पाना।
    - सबसे महत्त्वपूर्ण काम को निपटाना।
    - इस बात से अवगत रहना कि मैं अपने उपलब्ध समय के साथ क्या कर रहा हूँ।

□

8

आसपास का वातावरण

"जब कोई फूल नहीं खिलता है तो आप फूल को नहीं, उस वातावरण को ठीक करते हैं, जिसमें वह बढ़ता है।"

—अलेक्जेंडर डेन हाइजेर

(अ) आसपास का वातावरण

सुंदर पर्वत-श्रृंखलाओं, सुरम्य परिदृश्यों, शांत वातावरण के चारों ओर लिपटा हुआ और प्रसिद्ध तुंग नदी के बीच स्थित एक स्थान है—श्रृंगेरी। यह भारत के दक्षिणी हिस्से में कर्नाटक में पड़ता है।

मुझे अपने कुछ मित्रों के साथ इस स्थान पर जाने का अवसर मिला। आनेवाले वर्षों में सनातन धर्म के संदेश को फैलाने और धार्मिक व आध्यात्मिक उम्मीदवारों का मार्गदर्शन करने के लिए आदि शंकराचार्य ने अपना पहला मठ/पीठ (मठ) स्थापित करने के लिए श्रृंगेरी को चुना। आदि शंकराचार्य आठवीं शताब्दी की शुरुआत के एक महान् संत थे, जिन्होंने अद्वैत वेदांत दर्शन के सिद्धांत का प्रचार किया और भारत को सांस्कृतिक व धार्मिक रूप से एकीकृत किया।

एक बार मुझे अपने कुछ मित्रों के साथ श्रृंगेरी जाने का अवसर मिला। कम आधुनिक जीवन से सुसज्जित, शहर से दूर श्रृंगेरी में रहते हुए मेरे मन में एक

प्रश्न था कि शंकराचार्य ने अपने पहले मठ की स्थापना के लिए उन सभी स्थानों में से इस स्थान को क्यों चुना? इस जिज्ञासा ने मुझे एक रहस्य तक पहुँचाया, जिसे श्री आदि शंकराचार्य के कुछ अनुयायियों और उन आध्यात्मिक गुरुओं ने भी प्रकट किया, जिनके साथ मैं यात्रा कर रहा था।

परंपरा यह है कि आदि शंकराचार्य एक सुविधाजनक और पवित्र स्थान की तलाश में थे, जहाँ वे अद्वैत वेदांत की सच्चाई फैलाने के लिए एक मठ स्थापित कर सकें। जब आचार्य श्रृंगेरी आए तो उन्होंने तुंग नदी के तट पर एक असामान्य दृश्य देखा। उन्होंने एक कोबरा को एक पीड़ित मेढक के ऊपर अपना फन फैलाए हुए देखा, ताकि उसे दोपहर की चिलचिलाती धूप से छाया मिल सके। एक असामान्य दृश्य से भौचक्क कि एक शिकारी अपने शिकार की रक्षा कर रहा है। श्री शंकराचार्य ने निस्संदेह यह मान लिया कि श्रृंगेरी, दिव्य प्रेम का स्थान था, यहाँ तक कि प्राकृतिक विरोधियों के पारस्परिक सह-अस्तित्व को भी सुनिश्चित करता है। यह भारत में उनके चार मठों में से सबसे पहले स्थापित करने के लिए सही जगह थी। इसके बाद शंकराचार्य ने जो किया, वह इतिहास ने देखा—सैकड़ों पुस्तकों, हजारों शिष्यों और एक बैनर तले भारत के सांस्कृतिक एकीकरण इसके साक्षी हैं।

हम शंकराचार्य से एक उल्लेखनीय सबक सीख सकते हैं—अपने वातावरण को बुद्धिमानी से चुनें, जो आपकी गतिविधि के लिए अनुकूल हो।

पर्यावरण वह अदृश्य हाथ है, जो हमारे मानव व्यवहार को आकार देता है। हम मानते हैं कि हमारी आदतें हमारी प्रेरणा, प्रतिभा और प्रयासों का उत्पाद हैं। बेशक, ये गुण मायने रखते हैं, लेकिन आश्चर्य की बात यह है कि जैसे-जैसे समय बीतता है, आपकी निजी विशेषताएँ आपके वातावरण पर हावी होने लगती हैं। कल्पना कीजिए कि आप हिमालय के पहाड़ों में अंगूर उगाने की कोशिश कर रहे हैं। आप दुनिया के सबसे प्रतिभाशाली किसान हो सकते हैं, लेकिन इससे कोई फर्क नहीं पड़ेगा। बर्फ मिट्टी का बहुत खराब विकल्प है।

यदि आप अपनी सफलता की संभावना को अधिकतम करना चाहते हैं तो आपको ऐसे वातावरण में काम करने की आवश्यकता है, जो आपके परिणामों को बाधित करने के बजाय उन्हें तीव्रता से सामने लाता है। पर्यावरण में एक छोटा

सा बदलाव भी बड़े परिणाम दे सकता है। सिर्फ एक उदाहरण देने के लिए—कॉर्नेल यूनिवर्सिटी में ब्रायन वानसिंक (2012)[6] के एक अध्ययन में पाया गया कि लोग 12 इंच की खाने की प्लेटों से 10 इंच की प्लेटों पर स्विच करके 22 प्रतिशत कम खाना खाते हैं।

उदाहरण के लिए, एक ड्रग एडिक्ट पर विचार करें, जो ड्रग्स को छोड़कर जीवन को बेहतर बनाना चाहता है। व्यसन से मुक्त होना अंततः एक आंतरिक संकल्प है, जिसे ठानने और उस पर टिके रहने की आवश्यकता है। परंतु अगर उसका घर ड्रग (व्यसन) की दुकान के बगल में है तो क्या वह ड्रग्स छोड़ सकता है? यह लगभग असंभव है।

उसकी लत किसी भी क्षण उस पर हमला कर सकती है और यदि लिप्त होने की सुविधा तात्कालिक रूप से सुलभ है तो इससे पहले कि उसकी अंतरात्मा सक्रिय हो जाए, वह खुद को फिर से लत का शिकार होता देखेगा। ऐसे मामले में, हालाँकि बाहरी बदलाव पूरी तरह से पर्याप्त नहीं है, लेकिन यह लगभग हमेशा आवश्यक होता है।

मैं इंजीनियरिंग के छात्रों के लिए एक संस्थान चलाता हूँ, जिसका उद्देश्य उन्हें हमारी पारंपरिक भारतीय संस्कृति के बारे में जागरूक करके गुणों को विकसित करना है। मैं चाहता हूँ कि वे जानें कि यह कितना व्यावहारिक है और कैसे वैदिक जीवन-शैली का पालन करके जीवन के सभी क्षेत्रों में किसी के समग्र विकास को पूरा करता है। सिर्फ किसी के बाहरी व्यक्तित्व को विकसित करना ही इस आधुनिक समय में एकमात्र फोकस है। संस्थान को 'भक्तिवेदांत एकेडमी फॉर कल्चर एंड एजुकेशन' (BACE) के रूप में जाना जाता है। यहाँ सभी छात्र एक विनियमित जीवन-शैली का पालन करते हैं, एक छात्रावास के छात्रों के विपरीत, जो अप्रतिबंधित स्वतंत्रता को आदर्श मानते हैं। सभी छात्र सुबह जल्दी उठकर 5.45 बजे रिपोर्ट करते हैं। वैदिक शास्त्रों पर आधारित आधे घंटे तक हमारा संक्षिप्त भाषण होता है, उसके बाद कुछ समय के लिए योग और

6. प्लेट साइज एंड कलर सजेस्टिबिलिटी : द डेलबोइफ इलूजन्स बाइयस, परोसने और खाने के व्यवहार पर। कोएर्ट वैन इटर्सम, ब्रायन वानसिंक, 'जर्नल ऑफ कंज्यूमर रिसर्च', खंड-39, अंक-2, 1 अगस्त, 2012, पृ. 215-28

ध्यान होता है। इसके बाद छात्र नाश्ता करते हैं और अपने-अपने काम तथा कॉलेजों के लिए प्रस्थान करते हैं।

जब वे कॉलेज से वापस आते हैं तो कुछ आराम कर सकते हैं और बाद में शाम की प्रार्थना के लिए इकट्ठा होते हैं। फिर शाम 7 बजे रात का खाना खाते हैं। लगभग दो घंटे के स्वाध्याय के बाद वे रात 10 बजे बिस्तर पर चले जाते हैं।

जब सभी इंजीनियरिंग के छात्रों के पास पी.एल. (तैयारी करने का अवकाश) होता है तो वे BACE में पूर्णकालिक हो जाते हैं। इसी को ध्यान में रखते हुए कार्यक्रम इस प्रकार तैयार किया जाता है कि वे प्रतिदिन कम-से-कम बारह घंटे, अर्थात् अपना अधिकतम समय अध्ययन के लिए समर्पित कर सकें।

> *एक दिन जब मैं अपनी नियमित यात्रा के एक भाग के रूप में वहाँ गया तो मुझे वहाँ एक छात्र नहीं मिला।*
>
> *"सागर कहाँ है?" मैंने उत्सुकता से उसके रूम पार्टनर से पूछा।*
>
> *"सागर ने पी.एल. के दौरान एक पुस्तकालय में प्रवेश ले लिया है।" जवाब आया।*
>
> *मैं हैरान था। यहाँ BACE में छात्रों को पढ़ने की पूरी सुविधा है। मुझे आश्चर्य हुआ कि सागर ने पुस्तकालय जाने का विकल्प क्यों चुना?*
>
> *उस शाम जब सागर वापस आया तो मैंने उससे पुस्तकालय जाने का कारण पूछा। उसने जो कहा, वह वाकई आँखें खोलनेवाला था।*
>
> *"जैसे ही मेरा पी.एल. शुरू हुआ, मैं केवल 6-7 घंटे अध्ययन करने में सक्षम था। बाकी समय के दौरान मैं सिर्फ चिट-चैट कर रहा था और अधिक नींद का शिकार हो गया।" उसने कहा। उसने मुझे यह भी बताया कि कॉलेज के नियमित दिनों में उसके लिए 6 से 6.30 घंटे की नींद पर्याप्त होती है, लेकिन आजकल वह खुद को दिन में लगभग 9 से 10 घंटे सोते हुए पाता है। उसने मुझे आगे समझाया कि यह मुख्य रूप से उसके साथ हो रहा था, क्योंकि उसका बिस्तर और स्टडी टेबल एक-दूसरे के करीब थे।*
>
> *चूँकि किसी को अपना पूरा समय पी.एल. में पढ़ाई के लिए देना पड़ता है, इसलिए सागर खुद को फिर से जीवंत करने के लिए छोटी-छोटी झपकियाँ और ब्रेक लेता था। लेकिन अंत में जो हुआ, वह बिल्कुल विपरीत था। या तो वह ज्यादा देर तक सोता था या फिर अपना काफी समय दूसरों के साथ चिट-चैट में गुजारता था।*

अब, जब वह पुस्तकालय चला गया तो उसे पुस्तकालय के नियमों का पालन करना पड़ा कि वह बात न करे या न सोए अथवा कुछ चबाता न रहे आदि। हर कोई पुस्तकालय में अपनी पढ़ाई में इतना तल्लीन था कि कोई मदद नहीं कर सकता, लेकिन अध्ययन कर सकता है। बिस्तर पर लेटने और आराम करने जैसा कोई विलास नहीं था। उसने कहा कि वह अब दिन में करीब 12 से 14 घंटे पढ़ाई कर पाता था।

इस घटना के साथ मैं इस निष्कर्ष पर पहुँचा कि हमारे लक्ष्यों की प्राप्ति के लिए एक अनुकूल वातावरण का होना वास्तव में बहुत महत्त्वपूर्ण है। आश्चर्य नहीं कि सागर ने अपने पहले सेमेस्टर के दौरान 88 प्रतिशत अंक हासिल किए, जो एक अच्छी उपलब्धि थी।

उपलब्धि : इसने निश्चित रूप से हमें BACE के पुनर्गठन का संकेत दिया और हमारे अपने संस्थान में छात्रों के लिए पुस्तकालय बनाने की ओर इशारा किया।

हमारी सफलता की दर में सुधार के लिए हमारे पर्यावरण को डिजाइन करना केवल अध्ययन के क्षेत्र तक ही सीमित नहीं है, बल्कि अन्य सभी क्षेत्रों, जैसे—लिखना, खेलना, खाना बनाना, खाने की आदतों आदि के लिए भी उपलब्ध है। मान लीजिए कि कोई स्वस्थ खाने की आदतें विकसित करना चाहता है। उसके अनुसार, यदि वह व्यक्ति अपनी पहुँच में फल और पानी की बोतल रखता है तो निश्चित रूप से उन चीजों के सेवन की संभावना अधिक होती है। इसी तरह, यदि कोई व्यक्ति कुकीज तथा अन्य जंक फूड का सेवन कम करना चाहता है और इन वस्तुओं को अपने पास रखता है तो उस व्यक्ति के लिए जंक या अधिक भोजन का सेवन करने की आदत को दूर करना बहुत मुश्किल होता है। हमारी पसंद न केवल 'हम क्या हैं', बल्कि 'हम कहाँ हैं', इस पर भी आधारित है। और यह सिद्धांत मनोवैज्ञानिक कर्ट लेविन द्वारा समर्थित है।

कर्ट लेविन द्वारा उनके सामाजिक व्यवहार के अध्ययन में वैज्ञानिक विधियों और प्रयोग को नियोजित करने के कार्य के कारण कुछ लोग उन्हें आधुनिक सामाजिक मनोविज्ञान के जनक के रूप में मानते हैं। सन् 1936 में उन्होंने लेविन के 'व्यवहार के लिए समीकरण' के रूप में जाना जाने वाला एक सरल गणितीय समीकरण प्रस्तुत किया, जिसमें कहा गया है, "व्यवहार अपने पर्यावरण के भीतर

बातचीत करनेवाले व्यक्ति का कार्य है।"

चूँकि हमारे विकल्प आसपास के माहौल से प्रभावित होते हैं, इसलिए विज्ञापन उद्योग की ओर से कुछ बेचने के लिए हेर-फेर कर माहौल तैयार किया जा सकता है। लेविन का समीकरण जैसे ही लोकप्रिय हुआ, उसके तुरंत बाद अर्थशास्त्री हॉकिन्स स्टर्न ने आवेग में 'खरीदारी' नाम की एक घटना का वर्णन किया, "एक खरीदार पहली बार किसी उत्पाद को देखता है और उसकी आवश्यकता की कल्पना करता है।" कई अवसरों पर ग्राहक उत्पाद को इसलिए नहीं खरीदते हैं, क्योंकि वे उत्पाद चाहते हैं, बल्कि इसलिए कि उत्पाद को उनके सामने कैसे प्रस्तुत किया जाता है।

यदि आपने ध्यान दिया है तो जानते होंगे कि आँखों के स्तर पर रखी वस्तुओं को फर्श के पास पड़ी वस्तुओं की तुलना में अधिक खरीदा जाता है। और इसलिए, कहावत है—'Eye level is the buy level.' इस कारण स्टोर की अलमारियों के जिन स्थानों तक आप आसानी से पहुँच जाते हैं, वहाँ आपको महँगे ब्रांड दिखाई देंगे, क्योंकि उनसे सबसे अधिक मुनाफा मिलता है; जबकि सस्ते सामान उन स्थानों पर होते हैं, जहाँ तक पहुँचना कठिन होता है।

इस प्रकार, आप जो देखते हैं, वह इसमें बड़ा बदलाव लाता है कि आप उसके बाद क्या करते हैं। यदि आप अपने जीवन में वास्तव में सुधार चाहते हैं तो अब आप समझ गए होंगे कि ऐसे वातावरण में काम करना कितना महत्त्वपूर्ण है, जो सकारात्मक संकेतों से भरा हो, न कि नकारात्मक संकेतों से। मुख्य विचार एक ऐसा वातावरण बनाना है, जहाँ सही काम करना आसान और संघर्ष-रहित हो, जबकि गलत काम करना कठिन और संघर्ष से भरा हो।

जीवन एक खेल है और यदि आप समय की निरंतर अवधि में बेहतर परिणाम की गारंटी देना चाहते हैं तो सबसे अच्छा तरीका यह है कि खेल को ऐसे वातावरण में खेलें, जो आपके अनुकूल हो।

योग, अध्ययन, ध्यान, लेखन, खाना पकाने, खेल सहित हमारी सभी गतिविधियों के लिए उचित और अनुकूल वातावरण चुनना उन गतिविधियों में सफलता सुनिश्चित कर सकता है। यह 'श्रीमद्भगवद्गीता' में स्पष्ट है, जहाँ भगवान् श्रीकृष्ण उन लोगों को सलाह देते हैं, जो अष्टांग योग में प्रगति करना चाहते

हैं कि अभ्यास के लिए एक उचित स्थान और एक उचित आसन का चयन करें—

शुचौ देशे प्रतिष्ठाप्य स्थिरमासनमात्मानः।
नात्युच्छ्रितं नातिनीचं चैलाजिनकुशोत्तरम्॥

"योग का अभ्यास करने के लिए किसी एकांत स्थान पर जाकर, जमीन पर कुशा घास बिछाकर उसे मृग की खाल और मुलायम कपड़े से ढक देना चाहिए। आसन न तो बहुत ऊँचा और न ही बहुत नीचा होना चाहिए तथा किसी पवित्र स्थान पर स्थित होना चाहिए।" 'श्रीमद्भगवद्गीता', 6.11

वैदिक शास्त्रों से यह भी स्पष्ट है कि न केवल भगवान् के भक्त, बल्कि शैतानी लोग भी अपनी सफलता के लिए एक उचित वातावरण चुनने के महत्त्व के बारे में जानते थे। केवल कुछ उदाहरणों के नाम पर—हिरण्यकशिपु ने तपस्या करने के लिए मंदार पर्वत को चुना और रावण ने कैलास पर्वत पर अपनी तपस्या की।

यदि राक्षस अपने लक्ष्यों को प्राप्त करने के लिए बेहतर तपस्या करने के लिए पहाड़ों और जंगलों को चुन सकते हैं तो जरा सोचिए कि हमें अपने लक्ष्य की प्राप्ति के लिए अनुकूल वातावरण को कितनी प्राथमिकता देनी चाहिए और चुनना चाहिए।

पर्यावरण के नियम से अवगत रहें, जिसमें कहा गया है कि विकास अनुकूल वातावरण में पनपता है।

याद रखें, हमें अपने पर्यावरण का वास्तुकार बनने की जरूरत है, न कि केवल इसके ग्राहक बनने की।

दिमागी कसरत

आप अपने पर्यावरण को फिर से डिजाइन करने के लिए कौन से संभावित उपायों के बारे में सोच सकते हैं, ताकि एक छोटा सा सुधार भी करना पड़े तो वह बहुत आसान काम हो?

____

____

____

____

(ब) आसपास के लोग

"यदि आप विजेता बनना चाहते हैं तो विजेताओं के साथ घूमें।"

—क्रिस्टोफर डी. फुरमैन

मुंबई के दो बेहद प्रतिभाशाली बल्लेबाज थे। उनके कोच रमाकांत आचरेकर थे। प्रत्येक का एक भाई था, जिसका नाम अजीत था। जहाँ एक अजीत ने अपने छोटे भाई को भारत को सचिन तेंदुलकर जैसा प्रतिभाशाली क्रिकेटर देने के लिए सही दिशा में निर्देशित किया, वहीं दूसरे अजीत ने अपने भाई के संभावित महान् कॅरियर को बरबाद कर दिया। यह कहानी है उस बदकिस्मत बल्लेबाज की, जिसे सचिन 'सर' कहकर बुलाते थे।

इन शख्स का नाम है अनिल गुरव। वे मुंबई अंडर-19 टीम के लिए खेलते थे। कोच रमाकांत आचरेकर युवा तेंदुलकर एवं कांबली को गुरव का स्ट्रोक खेलते हुए देखने और उनसे सीखने के लिए कहते थे। उन्हें 'मुंबई का विव रिचर्ड्स' कहा जाता था और सभी ने सोचा कि वे भारत के लिए खेलनेवाले पहले व्यक्ति होंगे। वे सचिन के साथ अपने जुड़ाव के बारे में बताते हैं, "मैं (क्रिकेट क्लब में) उनका कप्तान था। वे मेरे बल्ले का इस्तेमाल करना चाहते थे, लेकिन मुझसे सीधे पूछने में शरमाते थे। उनके द्वारा किया गया यह अनुरोध रमेश परब (अब वानखेड़े स्टेडियम में अंतरराष्ट्रीय स्कोरर) के माध्यम से आया था और मैंने सचिन से कहा कि वे उसका इस्तेमाल कर सकते हैं, बशर्ते उन्हें एक बड़ा स्कोर बनाना होगा।[7] उन्होंने कहा, 'मैं करूँगा, सर।' और मेरे एस.जी. बल्ले से शतक बनाया।"

हालाँकि, अनिल गुरव कुछ परिस्थितियों के शिकार हो गए। उनका भाई अजीत एक अंडरवर्ल्ड गिरोह का शार्पशूटर बन गया। पुलिस अधिकारी गुरव तथा उनकी माँ को बार-बार उठाते थे और उनके भाई अजीत के ठिकाने का पता लगाने के लिए उनकी जमकर पिटाई करते थे; कभी-कभी उन्हें कई दिनों तक हिरासत में भी रखते थे।

जब यह पीड़ा समाप्त हुई, तब तक गुरव का क्रिकेट कॅरियर भी समाप्त हो चुका था। वे बहुत ज्यादा शराब पीने लगे। सबकुछ लगभग खत्म हो गया—

7. संदर्भ : आज तक पर अनिल गुरव का साक्षात्कार—https://www.youtube.com/watch?v=c7syAtsQf10

उनका कॅरियर, उनके सपने, सब धुएँ में उड़ गए। वे अब मुंबई के नालासोपारा में 200 वर्गफीट के जर्जर कमरे में रहते हैं।

अनिल गुरव का कहना है कि वे आखिरी बार 1990 के दशक की शुरुआत में मरीन लाइंस के इसलाम जिमखाना में सचिन से मिले थे, जब उन्होंने सचिन को सुरक्षाकर्मियों से घिरी अपनी कार में बैठते देखा था। सचिन ने उन्हें देखा और तुरंत उन्हें पहचान लिया। उन्होंने उन्हें बुलाया और कुछ मिनट बात की और उन्हें अपने घर आने के लिए कहा।

जहाँ सचिन तेंदुलकर क्रिकेट जगत् के एक लीजेंड बन गए हैं, जिन्होंने 'भारत रत्न' और 'पद्मश्री' सहित कई उच्च सम्मानजनक पुरस्कार हासिल किए, वहीं अनिल गुरव नशे में धुत्त एक नशेड़ी व्यक्ति हैं, जो अपने परिवार को एक साथ रखने का संघर्ष कर रहे हैं।

हालाँकि, वे दोनों अत्यधिक प्रतिभाशाली थे, लेकिन उनकी प्रतिभा ही सफलता का एकमात्र घटक नहीं थी। यह कहानी बताती है कि ऐसे लोगों से घिरा होना कितना आवश्यक है, जो आपके लक्ष्य को पूरा करने में आपकी मदद करेंगे।

जाहिर है, उपर्युक्त कहानी में अनिल के पास कोई विकल्प नहीं था, क्योंकि उनके अपने भाई ने उनके लक्ष्य को प्राप्त करने में बाधा का काम किया। लेकिन जब हमारे पास कोई विकल्प होता है तो हमें अपने आप को सही प्रकार के लोगों के साथ रहने के लिए पर्याप्त बुद्धिमान होना चाहिए, जो हमें वह बनने में मदद करेंगे, जो हम वास्तव में बनना चाहते हैं। और शायद इसीलिए एक प्रसिद्ध कहावत है—'मुझे बताओ कि तुम्हारे दोस्त कौन हैं और मैं तुम्हें बताऊँगा कि तुम कौन हो!'

जब हम अपने जीवन को बेहतर बनाने और उसे एक उच्च स्थान पर ले जाने के बारे में सोचते हैं तो हमारे आसपास के महान् लोगों का संघ एक उत्प्रेरक के रूप में कार्य कर सकता है। हम जिस तरह के लोगों से घिरे रहते हैं, वे हमारे व्यवहार, उद्देश्यों और परिणामों पर एक बड़ा प्रभाव डाल सकते हैं। आप जिस संगति में रहते हैं, वह आपके सोचने, बोलने, विश्वास करने और कुछ करने के तरीके को काफी हद तक प्रभावित करती है। अमेरिकी लेखक, उद्यमी और

प्रेरक वक्ता जिम रोहन इसे संक्षेप में कहते हैं, "आप उन पाँच लोगों के औसत हैं, जिनके साथ आप सबसे अधिक समय बिताते हैं।"

जिन लोगों के साथ हम सबसे ज्यादा घूमते रहते हैं, उनका जुड़ाव हमें आकार देता है। हार्वर्ड के सामाजिक मनोवैज्ञानिक डॉ. डेविड मैक्लेलैंड द्वारा किए गए शोध के अनुसार, जिन लोगों के साथ आप आदतन जुड़ते हैं, उन्हें आपका 'संदर्भ समूह' कहा जाता है और वे लोग जीवन में आपकी सफलता या असफलता का 95 प्रतिशत हिस्सा निर्धारित करते हैं।

यह स्पष्ट है, यदि आप इस पर विचार करें। जब हम अपनी जाग्रत् अवस्था का अधिकांश समय ऐसे लोगों के समूह के साथ बिताते हैं, तब हम वैसा ही सोचने लगते हैं, जैसे वे सोचते हैं; जैसे वे बात करते हैं, हम भी वैसे बात करने लगते हैं; वे जो पढ़ते हैं, हम भी वैसा ही पढ़ते हैं; जो देखते हैं, हम भी उसे देखते हैं; हम उसी प्रकार से कार्य करने लगते हैं, जैसे वे करते हैं और वैसे ही कपड़े भी पहनना शुरू कर देते हैं, जैसे वे पहनते हैं।

जिन लोगों के साथ हम बातचीत करते हैं, उनका हमारे जीवन पर बहुत प्रभाव पड़ता है।

मैंने देखा है कि कैसे BACE में प्रवेश लेनेवाला एक नया व्यक्ति स्वाभाविक रूप से समान विचारधारावाले लोगों से घिरा होता है, जो वरिष्ठ हैं और उसकी मदद के लिए तैयार हैं। आमतौर पर छात्र BACE में अपनी इंजीनियरिंग के पहले या दूसरे वर्ष में प्रवेश लेते हैं। लेकिन कुछ ऐसे भी हैं, जो अपने तीसरे या अंतिम वर्ष के दौरान आते हैं। मैंने व्यावहारिक रूप से उनमें एक व्यक्ति के रूप में परिवर्तन देखा है और यहाँ तक कि उनके मार्क्स (अंक) भी उनके पिछले रिकॉर्ड की तुलना में बढ़ रहे होते हैं। यही संगत का महत्त्व और शक्ति है।

यहाँ तक कि हमारे वैदिक ग्रंथ भी ऐसे लोगों के कई उदाहरणों और केस स्टडी से भरे पड़े हैं, जो जान-बूझकर या अनजाने में अपनी संगत के कारण रूपांतरित हुए थे। अजामिल, ऋषि वाल्मीकि, शिकारी मृगारि, ध्रुव और प्रह्लाद ऐसे कई उदाहरणों में आते हैं, जिन्होंने कुछ महान् व्यक्तित्वों के साथ अपने जुड़ाव के कारण स्वयं का रूपांतरण देखा।

हम अपनी यात्रा पर अकेले नहीं चलनेवाले हैं और निश्चित रूप से हमारी सुधार यात्रा पर भी नहीं। हमें उन लोगों के साथ रहने की जरूरत है, जो लंबे समय तक चले हैं, जो सकारात्मक हैं, जो हमसे आगे हैं, जो हमें नीचे गिराने के बजाय मदद करने के लिए तैयार हैं और जो खुद एक सुधार यात्रा पर हैं। यह इस प्रकार है कि आप उन लोगों के साथ समय बिताकर अपने व्यक्तिगत विकास को वांछित दिशा में गति दे सकते हैं, जो पहले से ही वहाँ हैं, जहाँ आप जाना चाहते हैं।

मुख्य बात यह है कि आपको अपने लिए सक्रिय होकर एक सामाजिक वातावरण का निर्माण करना है।

अपनी संगत को संयोग पर निर्भर न होने दें या यह हमेशा से कैसा रहा है, बल्कि इसके लिए सचेत रूप से योजना बनाएँ। जिस तरह उपजाऊ मिट्टी में बोया गया आम का बीज एक शक्तिशाली आम का पेड़ बन जाएगा, उसी तरह जिस मिट्टी में आप खुद को रोपने के लिए चुनते हैं, वह आपको उन ऊँचाइयों तक ले जा सकती है, जिसकी आपने कभी कल्पना भी नहीं की होगी।

दिमागी कसरत

आपके मित्र कौन हैं?

____

____

____

____

____

आप किसके साथ सबसे ज्यादा समय बिताते हैं?

____

____

____

____

____

यदि आप अपने चुने हुए कार्यक्षेत्र में सुधार करना चाहते हैं तो आपको अपने सामाजिक परिवेश में क्या परिवर्तन करने की आवश्यकता है ?

____

____

____

____

____

मुख्य बिंदु

1. हमें अपने पर्यावरण का डिजाइनर और वास्तुकार बनने की जरूरत है, न कि केवल इसके ग्राहक बनने की।
2. अपने पर्यावरण को बुद्धिमानी से चुनें; ऐसे चुनें, जो आपकी गतिविधि के लिए अनुकूल हो।
3. जैसे-जैसे समय बीतता है, आपकी निजी विशेषताएँ आपके परिवेश के नीचे दबती चली जाती हैं।
4. यदि आप अपनी सफलता की संभावना को अधिकतम करना चाहते हैं तो आपको ऐसे वातावरण में काम करने की आवश्यकता है, जो आपके परिणामों को बाधित करने की बजाय तेज करता हो।
5. हमारे चुनाव केवल इस बात पर आधारित नहीं होते हैं कि हम क्या हैं, बल्कि वे इस बात पर आधारित होते हैं कि हम कहाँ हैं।
6. आप जो देखते हैं, उसमें एक छोटा सा बदलाव आपके काम में बड़ा बदलाव ला सकता है।
7. जीवन एक खेल है और यदि आप समय की निरंतर अवधि में बेहतर परिणाम चाहते हैं तो सबसे अच्छा तरीका यह है कि खेल को ऐसे वातावरण में खेलें, जो आपके अनुकूल हो।

□

9

डटे रहें

"इससे कोई फर्क नहीं पड़ता कि आप कितनी धीमी गति से चलते हैं, जब तक आप रुकते नहीं हैं।"

–कन्फ्यूशियस

क्या यह सच नहीं कि हम सब खरगोश और कछुए की कहानी सुनकर बड़े हुए हैं?

कछुआ हालाँकि बहुत कुशल नहीं था, फिर भी सुसंगत था और पूरी तरह से अपने लक्ष्य पर केंद्रित था। दूसरी ओर, खरगोश लक्ष्य से विचलित हो गया और अपने प्रयासों में स्थिर न होने के कारण कछुए के मुकाबले अधिक कुशल होने के बावजूद दौड़ हार गया। कहानी से जो प्रासंगिक सबक हम सीखते हैं, वह है कि 'धीमे और निरंतर दौड़नेवाला दौड़ जीतता है।'

किसी के प्रयासों में स्थिरता और निरंतरता किसी भी क्षेत्र में सफलता के लिए महत्त्वपूर्ण तत्त्व हैं। कोई एक दिन में करोड़पति नहीं बनता, न कोई एक दिन में सफल एथलीट बन जाता है और न ही एक दिन में फिल्म स्टार बन जाता है। यह सूची लंबी होती चली जाती है। प्रमुख बात यह है कि पूर्णता के चरण तक पहुँचने के लिए हमें वांछित लक्ष्य का पीछा करते हुए लगातार डटे रहने की आवश्यकता है।

यह विशेष रूप से तब सच होता है, जब हम 5.5 Ss टूल का उपयोग करनेवाले होते हैं। इसके घटकों में से एक है—'छोटे से शुरू करें'। जब हम अपने से संबंधित लक्ष्य की दिशा में छोटे-छोटे कदम उठाकर शुरुआत करते हैं तो हम तत्काल और बड़े परिणाम की उम्मीद नहीं कर सकते। वास्तव में, प्रारंभिक चरण में परिणाम लगभग अदृश्य हैं। कोई तालियाँ नहीं बजेंगी, कोई बधाई देनेवाला नहीं होगा। आप अपने प्रयासों और अनुशासन के लिए प्रयासरत रहेंगे।

तो फिर परिणाम मिलने की क्या उम्मीद है?

आशा उत्तरोतर प्रभाव या घातीय विकास की शक्ति है।

मुझे डेमी की एक लोककथा मिली—'चावल का एक दाना'[8]। यह कथा कुछ इस प्रकार से है—

बहुत पहले की बात है भारत में एक राजा रहता था, जो मानता था कि वह बहुत बुद्धिमान और न्यायप्रिय है, बिल्कुल वैसा, जैसाकि एक राजा को होना चाहिए। उसके राज्य के लोग चावल के किसान थे। राजा ने फैसला किया कि सभी को अपना लगभग सारा चावल उसे दे देना चाहिए।

राजा ने लोगों से वादा किया, "मैं चावल को सुरक्षित रखूँगा, ताकि अकाल के समय सबके पास खाने को चावल हो और कोई भूखा न रहे।"

प्रत्येक वर्ष राजा के चावल संग्राहक लोगों के लगभग सभी चावल एकत्रित करते थे और उसे राजकीय भंडार गृहों में ले जाते थे। कई वर्षों तक चावल की फसल बहुत अच्छी हुई। लोगों ने अपना लगभग सारा चावल राजा को दे दिया और भंडार हमेशा भरे रहते थे। लेकिन लोगों के पास अपने खाने के लिए पर्याप्त चावल ही बचता था। फिर एक साल चावल की फसल बहुत कम हुई और अकाल पड़ा। लोगों के पास राजा को देने के लिए चावल नहीं थे और उनके पास खाने के लिए भी चावल नहीं थे।

राजा के सेवकों ने राजा से याचना की, "महाराज, राज्य के भंडार खोलकर प्रजा को चावल दें, जैसा कि आपने वचन दिया था।"

"नहीं!" राजा ने जवाब दिया। वह बोला, "मुझे कैसे पता चलेगा कि अकाल कब तक रहेगा? मेरे पास अपने लिए भी तो चावल होने चाहिए। वादा किया हो या न किया हो, पर राजा को भूखा नहीं रहना चाहिए।"

---

8. http://jwilson.coe.uga.edu/EMT668/EMAT6680.F99/Martin/instructional%20unit/day4.exponential/excel/grainofrice.html

समय बीतता गया और लोग भूख से अधिक-से-अधिक परेशान होते गए; लेकिन राजा ने चावल नहीं दिए। एक दिन राजा ने अपने और अपने दरबार के लिए एक भोज का आदेश दिया, तब भी, जब अकाल की स्थिति थी। एक नौकर एक हाथी को राजकीय भंडार से महल तक ले गया, जिसके ऊपर चावल की दो टोकरियाँ भरी हुई थीं। गाँव में रानी नाम की एक लड़की रहती थी। उसने देखा कि एक टोकरी से चावल का दाना एक-एक करके गिर रहा था। वह झट से गिरते चावल को अपने कपड़े में लोककर रखने लगी और हाथी के साथ-साथ चल दी। वह चतुर थी और उसने योजना बनानी शुरू कर दी।

महल में एक पहरेदार चिल्लाया, "रुको, चोर लड़की! तुम चावल लेकर कहाँ जा रही हो?"

"मैं चोर नहीं हूँ।" रानी ने उत्तर दिया, "ये चावल टोकरी में से गिर गए थे और मैं इसे राजा को लौटा रही हूँ।"

जब राजा ने उस लड़की—रानी के अच्छे काम के बारे में सुना तो उसने अपने मंत्रियों से उसे दरबार में पेश करने को कहा, फिर बोला—

"जो मेरा है, उसे लौटाने के लिए मैं तुम्हें पुरस्कृत करना चाहता हूँ। तुम जो चाहो मुझसे माँग सकती हो, वह तुम्हारा ही होगा।"

"महाराज," रानी ने कहा, "मैं किसी भी पुरस्कार के लायक नहीं हूँ। लेकिन अगर आप देना ही चाहते हैं तो मुझे चावल का एक दाना दे दीजिए।"

"चावल का केवल एक दाना?" राजा आश्चर्य से बोला, "एक राजा होने के नाते मैं तुम्हें बहुत कुछ दे सकता हूँ। तुम जो चाहे माँग लो।"

"जी, जैसी आपकी इच्छा।" रानी ने कहा, "यदि यह सब आपकी महारानी को प्रसन्न करता है तो आप मुझे इसी तरह से पुरस्कृत कीजिए। आज आप मुझे चावल का एक दाना दीजिए, फिर 30 दिनों तक हर दिन आप मुझे उस दिन से दोगुने चावल दे दीजिए, जो मुझे एक दिन पहले दिए थे। इस प्रकार, कल आप मुझे चावल के 2 दाने, अगले दिन चावल के 4 दाने और इसी तरह 30 दिन तक बढ़ाकर देते रहिए।"

"यह एक बहुत मामूली पुरस्कार लगता है।" राजा ने कहा, "लेकिन तुम्हें यही चाहिए तो ऐसा ही होगा।" और रानी को चावल का एक दाना भेंट किया गया।

अगले दिन रानी को चावल के 2 दाने भेंट किए गए और उससे अगले दिन चावल के 4 दाने भेंट किए गए।

नौवें दिन रानी को 256 चावल भेंट किए गए। अभी तक उसे चावल के कुल 511 दाने मिले थे, जो केवल एक मुट्ठी भर के लिए पर्याप्त थे।

'यह लड़की ईमानदार है, लेकिन बहुत चालाक नहीं है।' राजा ने सोचा, 'इसके पास चावल की और अधिक मात्रा होती, यदि यह अपने कपड़े में इकट्ठे किए चावल स्वयं रख लेती!'

बारहवें दिन रानी को चावल के 2,048 दाने मिले, लगभग चार मुट्ठी।

तेरहवें दिन उसे चावल के 4,096 दाने मिले, जो एक कटोरा भरने के लिए पर्याप्त थे।

सोलहवें दिन उसे 32,768 चावल का एक थैला भेंट किया गया। कुल मिलाकर, उसके पास दो थैलियों के लिए पर्याप्त चावल थे।

राजा ने सोचा, 'यह पुरस्कार मेरी अपेक्षा से काफी अधिक चावल जोड़ता है। लेकिन निश्चित रूप से उसका पुरस्कार बहुत अधिक नहीं होगा।'

बीसवें दिन रानी को चावल से भरे सोलह और थैले भेंट किए गए।

इक्कीसवें दिन उसे 10,48,576 चावल के दाने मिले, जो एक टोकरी भरने के लिए पर्याप्त थे।

चौबीसवें दिन रानी को 83,88,608 चावल के दाने भेंट किए गए—आठ टोकरियाँ भरने के लिए पर्याप्त, जिन्हें आठ शाही हिरण उसके पास लेकर गए। सत्ताईसवें दिन चावल की चौंसठ टोकरियाँ पहुँचाने के लिए बत्तीस बड़े साँड़ों की आवश्यकता थी। राजा बहुत परेशान था। 'चावल का एक दाना वास्तव में बहुत बड़ा हो गया है।' उसने सोचा, 'परंतु मैं उस प्रतिफल को अंत तक पूरा करूँगा, जैसा एक राजा को करना चाहिए।'

उनतीसवें दिन रानी को दो राजकीय भंडारों जितनी मात्रा भेंट की गई।

तीसवें और अंतिम दिन 256 हाथियों ने आखिरी चार राजकीय भंडारों की पूरी सामग्री चावल लेकर राज्य को पार किया—पाँच सौ छत्तीस मिलियन, आठ सौ सत्तर हजार, नौ सौ बारह चावल के दाने।

कुल मिलाकर रानी को चावल के 1 अरब से अधिक दाने मिले थे। अंत में, राजा के पास देने के लिए और चावल नहीं थे।

"और तुम इस चावल का क्या करोगी?" राजा ने आह भरते हुए पूछा, "अब जब मेरे पास चावल का एक दाना भी नहीं बचा है?"

"अब जबकि आपके पास चावल नहीं है, मैं इसे सभी भूखे लोगों को दूँगी।" रानी ने कहा, "और मैं आपके लिए भी चावल की एक टोकरी छोड़ दूँगी, अगर आप अब से केवल उतना ही चावल लेने का वादा करें, जितना आपको चाहिए।"

"मैं वादा करता हूँ।" राजा ने कहा। और अपने शेष जीवन के लिए राजा ने एक आदर्श राजा के रूप में निष्पक्ष और महान् जीवन व्यतीत किया।

यह चक्रवृद्धि ब्याज या घातीय वृद्धि की शक्ति है। जब हम चक्रवृद्धि ब्याज के बारे में बात करते हैं तो यह छोटे-छोटे लाभों की एक शृंखला से भारी पुरस्कार प्राप्त करने का सिद्धांत दरशाती है।

भले ही परिणाम अंत में बड़े पैमाने पर हों, लेकिन काररवाई के दौरान वे महत्त्वपूर्ण महसूस नहीं होते हैं। इसलिए सभी म्यूचुअल फंड्स निवेश एजेंसियाँ अपने ग्राहकों को बाजार में उतार-चढ़ाव के दौरान बीच में छोड़े बिना लंबे समय तक रुकने और रहने के लिए कहती हैं। धैर्य उन महत्त्वपूर्ण विशेषताओं में से एक है, जिसे विकसित करने की आवश्यकता है। यदि हम वास्तव में लंबे समय तक किसी भी क्षेत्र में रहना चाहते हैं तो हमें धैर्य रखना सीखना होगा। आइंस्टीन ने कहा था, "चक्रवृद्धि ब्याज दुनिया का आठवाँ अजूबा है।" और इसमें कोई आश्चर्य की बात नहीं है कि समय के साथ छोटे तथा महत्त्वहीन लगने वाले कदम कैसे एक आमूल-चूल बदलाव कर देते हैं। चक्रवृद्धि ब्याज का लाभ उठाने के लिए आपको दृढ़ रहने और लंबे समय तक बने रहने की आवश्यकता है। अगर हम बीच में छोड़ देते हैं तो लाभ खो जाता है।

जीवन एक स्प्रिंट नहीं, बल्कि एक मैराथन है, जहाँ 'डटे रहना' मायने रखता है। सुधार की यात्रा शुरू करना बहुत कठिन नहीं है। बहुत से लोग एक लक्ष्य की ओर अपनी यात्रा शुरू करते हैं और कुछ समय के लिए जारी रखते हैं, लेकिन अंतत: अपने पोषित लक्ष्यों तक पहुँचने से पहले उसे छोड़ देते हैं। लोग कितनी बार किसी पथ पर चलना शुरू करते हैं और फिर उसे पूरी तरह से छोड़ देते हैं!

पूरे देश में इस समय कितने व्यायाम उपकरण धूल फाँक रहे हैं!

कितने लोग एक नई भाषा सीखना शुरू करते हैं और जल्द ही हार मान लेते हैं!

कितनी पुस्तकें बेकार पड़ी हैं, सिर्फ इसलिए कि किसी ने उन्हें पढ़ने का फैसला किया था, उन्हें पढ़ना शुरू कर दिया था, लेकिन फिर कुछ पन्नों के बाद किसी कारण से छोड़ दिया!

लोग अकसर उत्साह और अच्छे इरादों से कुछ नया शुरू करते हैं, लेकिन फिर कुछ मिलने के बाद स्थायी रूप से छोड़ देते हैं और जरूरी नहीं, इसमें किसी प्रकार की बाधा आई हो। ऐसा लगता है कि हम में से कई जो हम बहुत जल्दी शुरू करते हैं, उसे बहुत बार छोड़ देते हैं। वास्तव में, जब लोग कुछ चीजें करना बंद कर देते हैं तो वे किसी कारण से ऐसा करते हैं। ऐसा हो सकता है कि आप जो कर रहे हैं, उसे छोड़ने से ठीक पहले निम्नलिखित में से कोई भी विचार आपके पास आता हो—

'मैं ऊब गया हूँ।'

'इससे ज्यादा प्रयास नहीं कर सकता हूँ।'

'मैं यह नहीं कर सकता, इसलिए मैं इसे छोड़ भी सकता हूँ।'

कई मनोवैज्ञानिक और प्रशिक्षक इस प्रश्न का उत्तर खोजने के लिए काम कर रहे हैं, 'लोग हार क्यों मानते हैं?' छात्रों के साथ व्यवहार करते हुए और उन्हें परामर्श देते हुए मैंने कई कारकों पर ध्यान दिया है, जो लोगों को अपने लक्ष्य की ओर बढ़ रही अपनी यात्रा को छोड़ देने पर विवश करते हैं।

1. स्वामित्व की कमी

नासिक के एक प्रतिष्ठित कॉलेज से इंजीनियरिंग के तीसरे वर्ष के छात्र आकाश ने मेरे पास आकर मुझे बताया कि अब उसकी स्नातक की डिग्री पूरी करने में कोई दिलचस्पी नहीं है। मुझे यह समझने में कुछ समय लगा कि वह क्या कह रहा है! मुझे पता था कि वह एक मेहनती छात्र है और प्रत्येक सेमेस्टर को या तो उच्च द्वितीय श्रेणी या प्रथम श्रेणी के साथ उत्तीर्ण करता है। अचानक उसके रवैए में हुए बदलाव से मैं हैरान था। मैं चौंक गया और उससे स्पष्ट प्रश्न पूछा, "क्यों?"

वह इस प्रश्न का पहले से ही अनुमान लगा चुका था और मुझे ऐसा लग रहा था कि वह इसका उत्तर देने के लिए तैयार था। वह बोला, "मुझे दसवीं कक्षा

से ही योग के प्रति बहुत लगाव था और मैं उसी क्षेत्र में अपना कॅरियर बनाना चाहता था; लेकिन मेरे माता-पिता ने मुझे बारहवीं कक्षा के बाद इंजीनियरिंग करने के लिए मजबूर किया। मैं अब तनाव और रुचि की कमी के कारण इंजीनियरिंग नहीं कर सकता। मैं अपने माता-पिता की इच्छा की वेदी पर अपने लक्ष्यों का त्याग करना जारी नहीं रख सकता।" यह सब कहकर आकाश ने एक लंबी साँस ली।

यह सिर्फ आकाश की कहानी नहीं है, बल्कि कई लोग हैं, जो एक काम करना चाहते हैं, लेकिन अंत में कुछ और करना शुरू कर देते हैं।

अगर हम कुछ कर रहे हैं, क्योंकि किसी और ने हमें इसे करने के लिए कहा है, तो इसे 'आउटसाइड-इन' दृष्टिकोण कहा जाता है। इसका मतलब है कि बाहर से कोई शक्ति हमारे माध्यम से काम करवा रही है।

यह वह जगह है, जहाँ हम सोचते हैं कि 'मुझे करना है' और इसलिए, हम किसी विशेष कार्य को पूरा करने के लिए अपनी पूरी ऊर्जा और ध्यान लगा देने के प्रयास में विफल रहते हैं। कारण यह है कि प्रेरक शक्ति बाहर से होती है। लक्ष्य का कोई स्वामित्व नहीं है और इसलिए निष्क्रिय होने की प्रवृत्ति है। अरुचि किसी भी क्षण झाँक सकती है, किसी की यात्रा को बीच में छोड़कर समाप्त हो सकती है। जब लक्ष्यों में स्वामित्व की कमी होती है तो उद्देश्य एवं अर्थ की भावना के बिना प्रेरित रहना और जारी रखना बहुत मुश्किल होता है।

इसलिए यात्रा की निरंतरता तभी संभव है, जब 'इनसाइड-आउट' दृष्टिकोण हो, जिसमें रवैया यह नहीं है कि 'मुझे करना है', बल्कि 'मुझे करने की जरूरत है'। इस प्रकार से किसी कार्य को बीच में छोड़े बिना उसे करने की प्रेरणा मिलती रहेगी।

2. कड़ी मेहनत करने को तैयार नहीं

हमारी पूरी क्षमता तक पहुँचने और वांछित लक्ष्य प्राप्त करने का मार्ग कभी भी आसान नहीं होता है। हमारे सबसे पोषित लक्ष्य ही सबसे चुनौतीपूर्ण होने जा रहे हैं। जब हम किसी चीज को अपनी अपेक्षा से अधिक कठिन पाते हैं तो वह मनोबल के ह्रास का स्रोत बन जाती है और अंत में हम उसे अधूरा ही छोड़ देते हैं।

3. धैर्य की कमी

जब हम परिणाम के प्रति आसक्त होते हैं तो हम उसे बुरी तरह से चाहते हैं और तुरंत पाना चाहते हैं।

आज की तेजी से भागती हुई दुनिया में, जहाँ सबकुछ तुरंत परोसा जाता है, हम चाहते हैं कि सभी प्रयासों का परिणाम भी हमें इसी तरह से परोसा जाए। लेकिन सफलता रातोंरात नहीं मिलती है। कोई तात्कालिक उपलब्धि न देख पाने के कारण लोग हार मान लेते हैं।

4. अनुशासन की कमी

एक लक्ष्य का पीछा करने के लिए बहुत अधिक अनुशासन की आवश्यकता होती है। अधिकांश लोग इसके लिए पसीना बहाए बिना अंतिम लक्ष्य तक पहुँचना चाहते हैं। अनुशासन के बिना आप खो जाते हैं और आप आवश्यक रूप से अपने मन का दास बन जाते हैं, बजाय इसके कि मन आपके कहे अनुसार चले।

5. विकर्षण

किसी भी लक्ष्य की प्राप्ति के लिए बहुत अधिक ध्यान देने की आवश्यकता होती है। कोई भी तात्कालिक संतुष्टि, जिसके आगे हम झुक जाते हैं, हमें दीर्घकालिक लक्ष्य से विचलित करने की एक बड़ी शक्ति है।

व्याकुलता अथवा विकर्षण और कुछ नहीं, बल्कि किसी और चीज के लिए एक वैकल्पिक आकर्षण है। जब हम विचलित हो जाते हैं तो हमारा लक्ष्य हमसे आवश्यक मात्रा में समय, ऊर्जा और संसाधन प्राप्त नहीं करता है। धीरे-धीरे समय बीतने के साथ हमारी रुचि के साथ-साथ हमारे लक्ष्य के प्रति हमारी प्रतिबद्धता भी फीकी पड़ जाती है। अंतिम परिणाम यह होता है कि हम लक्ष्य की ओर जाने वाली यात्रा को ही समाप्त कर देते हैं।

6. असफलता

असफलताओं को स्थायी और सभी चीजों के अंत के रूप में देखकर हम अपने सपनों के सरल व सहज होने का अनुमान नहीं लगा सकते हैं। वहाँ आपको असफलताएँ मिलने वाली हैं। अधिकांश लोग असफलता को एक

बाधा के रूप में देखते हैं और इससे सबक सीखने तथा आगे बढ़ने के अवसर में बदलने के बजाय इसे एक प्रतिकूलता के रूप में देखते हैं। वे विफलता को स्थायी मानते हैं और यात्रा को अधूरा छोड़ देते हैं तथा असफलता से निपटने में असमर्थ होते हैं।

ऊपर सूचीबद्ध छह कारणों के साथ-साथ और भी कई कारण हो सकते हैं, जिनके कारण लोग अपने लक्ष्य का पीछा करना जारी नहीं रखते हैं और अंततः किसी और चीज के लिए समझौता कर लेते हैं। किसी भी क्षेत्र में सफलता के लिए निरंतरता, दृढ़ता और मजबूती प्रमुख तत्त्व हैं।

"लोगों को बड़ी सफलता किस चीज से मिलती है और क्यों?"

इस सवाल ने पेनसिल्वेनिया विश्वविद्यालय में मनोविज्ञान की प्रोफेसर एंजेला डकवर्थ को अत्यधिक उलझाया और भ्रमित किया। उनके जुनून ने उन्हें व्यवसाय, कला, एथलेटिक्स, पत्रकारिता, शिक्षा आदि में विभिन्न नेताओं का साक्षात्कार करने के लिए प्रेरित किया। उन्होंने विशेष रूप से वेस्ट पॉइंट पर यूनाइटेड स्टेट्स से सैन्य अकादमी के कैडेटों और 'नेशनल स्पेलिंग बी' के छात्रों पर शोध किया।

वर्षों के शोध के माध्यम से उसने निष्कर्ष निकाला, सफल होने का प्रयास करनेवाला कोई भी व्यक्ति—चाहे वह माता-पिता, छात्र, शिक्षक, एथलीट या व्यवसायी हों—उत्कृष्ट उपलब्धियों का रहस्य प्रतिभा और आई.क्यू. नहीं है, बल्कि जुनून एवं दृढ़ता का एक अनूठा मिश्रण है, जिसे 'ग्रिट' कहा जाता है। अपने गहन शोध के बाद उन्होंने 'ग्रिट : द पावर ऑफ पैशन एंड पर्सिवेरेंस' नामक पुस्तक लिखी, जो कई केस स्टडीज द्वारा प्रमाणित है।

विभिन्न शोध अध्ययनों ने साबित किया है कि केवल प्रतिभा और बुद्धिमत्ता ही सफलता की भविष्यवाणी नहीं करती है। वास्तव में, प्रतिभा प्रदर्शन में बाधा डाल सकती है। दूसरी ओर, प्रयास दोगुना महत्त्वपूर्ण है। उन्होंने अपनी पुस्तक में दो सूत्रों का उल्लेख किया है—

1. आपको अभ्यास और सुधार के माध्यम से अपनी प्राकृतिक प्रतिभा को मूर्त कौशल में बदलने का प्रयास करना चाहिए। प्रतिभा + प्रयास = कौशल।

2. आपको उपलब्धि हासिल करने के लिए, वास्तविक दुनिया की समस्याओं को हल करने के लिए तथा उन कौशलों को लागू करने के लिए भी प्रयास करना चाहिए। कौशल + प्रयास = उपलब्धि।

वह लिखती हैं—'प्रतिभा, और कितनी जल्दी हम अपना कौशल सुधार कर सकते हैं, यह बात मायने रखती है। परंतु प्रयास गणना में दूसरे स्थान पर आता है, पहले पर नहीं। प्रयास कौशल का निर्माण करता है। ठीक इसी समय, प्रयास कौशल को उत्पादक भी बनाता है।'

उसने निष्कर्ष निकाला कि दीर्घकालिक लक्ष्य की दिशा में प्रयासों का निरंतर अनुप्रयोग आजीवन उपलब्धि का सबसे बड़ा भविष्यवक्ता है। कुछ सीमाएँ हैं। सभी एन.बी.ए. में प्रवेश नहीं ले सकते हैं; लेकिन आप अपनी बास्केटबॉल टीम में सर्वश्रेष्ठ खिलाड़ी बन सकते हैं। दृढ़ बने रहना कठिन है, छोड़ने के अंतहीन प्रलोभनों का विरोध करना या असफलता का अनुभव करना अत्यंत कठिन है।

"लेकिन हम सभी में दृढ़ता बढ़ाने की अपनी क्षमता होती है।" एंजेला कहती हैं, "एक साथ, शोध हमें बताता है कि परिपक्व दृढ़ता के चार प्रतिमान, जो मनोविज्ञान-संपत्ति में आमतौर पर पाए गए हैं, वे संख्या में चार हैं—रुचि, अभ्यास, उद्देश्य और आशा।"

मैंने निम्नलिखित भाग में इन चार मापदंडों को संक्षेप में प्रस्तुत करने का प्रयास किया है—

1. रुचि

जुनून की शुरुआत किसी ऐसी चीज से होती है, जिसका आप आंतरिक रूप से आनंद लेते हैं। शोध से पता चलता है कि जब लोग कुछ ऐसा करते हैं, जो उनके निजी हितों के अनुकूल होता है तो लोग अपनी नौकरी से बहुत अधिक संतुष्ट होते हैं। साथ ही, लोग काम में बेहतर प्रदर्शन तब करते हैं, जब वे वह करते हैं, जिसमें उनकी रुचि होती है। एंजेला अपने पाठकों से कहती हैं, "अपने जुनून के निर्देश का पालन करना कोई बुरी सलाह नहीं है; लेकिन इससे भी अधिक उपयोगी यह समझना है कि पहली बार में जुनून को कैसे प्रथम

दृष्टि में स्थापित किया जाए।" काम के लिए जुनून एक तरह से छोटी खोज है, उसके बाद इसका बहुत विकास होता है और फिर जीवन भर गहरा होता रहता है। रुचियाँ तब पनपती हैं, जब उनको प्रोत्साहन देने वालों का एक दल होता है।

न्यूटन को जीवन से संबंधित प्रश्नों पर मोह था और उन्होंने उन्हें हमेशा अपने दिमाग के पीछे जीवित रखा। यह न्यूटन की गहरी रुचि और निरंतर पूछताछ थी, जिसने उन्हें एक सफलता के लिए प्रेरित किया, जिसे हम 'गुरुत्वाकर्षण का नियम' कहते हैं।

ऐसे कौन से प्रश्न हैं, जो आपको आकर्षित करते हैं? उन्हें खोजें और आप कुछ महान् हासिल करने की कोशिश करते हुए दृढ़ रहने की क्षमता भी पाएँगे।

2. अभ्यास

एंजेला ने अपने अध्ययन में पाया कि योग्य लोग अपने कम योग्य प्रतियोगियों की तुलना में अधिक अभ्यास करते हैं। धैर्य केवल रुचियों के लिए समर्पित समय की मात्रा के बारे में नहीं है, बल्कि समय की गुणवत्ता के बारे में भी है। न केवल कार्य पर अधिक समय, बल्कि उस पर दिए गए समय का बेहतर होना भी बहुत जरूरी है। सीधे शब्दों में कहें, तो अधिक अनुभव किसी को उत्कृष्टता की ओर नहीं ले जाएगा। निरंतर सुधार के दृष्टिकोण के साथ वांछित अभ्यास भी जरूरी है। उदाहरण के लिए, ओलंपिक स्वर्ण पदक तैराक राउडी गेंस ने कहा, "हर अभ्यास में मैं खुद को हराने की कोशिश करता था, अगर मेरे कोच ने मुझे 1 मिनट 15 सेकंड (1:15) में 100 मीटर तैरने के लिए कहा तो अगले दिन मैं 1 मिनट 14 सेकंड (1:14) में 100 मीटर तैरने की कोशिश करता था।" एक-एक करके ये सूक्ष्म परिशोधन चकाचौंध की महारत में परिवर्तित हो जाते हैं। एक निजी साक्षात्कार में राउडी गेंस ने एंजेला से कहा, "मैं एक ओलंपिक स्वर्ण पदक जीतने के लिए 49 सेकंड तक चलनेवाली दौड़ के लिए दुनिया भर में तैरा।" जान-बूझकर अभ्यास करने का यही अर्थ है।

धैर्य के सभी विरोधाभासों से बचना है तो ऐसा सोच लो, 'जो कुछ भी मैं प्राप्त करना चाहता हूँ, उसमें मैं सुधार करना चाहता हूँ।'

3. उद्देश्य

रुचि जुनून का एक स्रोत है। उद्देश्य—दूसरों की भलाई में योगदान करने का इरादा—दूसरा है। दृढ़ लोगों का परिपक्व जुनून दोनों पर निर्भर करता है। इसके मूल में उद्देश्य का विचार यह विचार है कि हम जो करते हैं, वह हमारे अलावा अन्य लोगों के लिए मायने रखता है।

एंजेला ने यह निर्धारित करने के लिए 16,000 अमेरिकी वयस्कों का एक सर्वेक्षण किया कि 'ग्रिट' में सबसे बड़ा योगदानकर्ता क्या है? प्रतिभागियों को 'ग्रिट स्केल' को पूरा करने के लिए कहा गया था। उन्हें आनंद और उद्देश्य दोनों से संबंधित एक लंबी प्रश्नावली को पूरा करने के लिए भी कहा गया था। उनकी प्रतिक्रियाओं से उन्होंने क्रमश: उद्देश्य और आनंद के लिए उनके अलग-अलग झुकावों के लिए 1 से 5 तक के स्कोर बनाए।

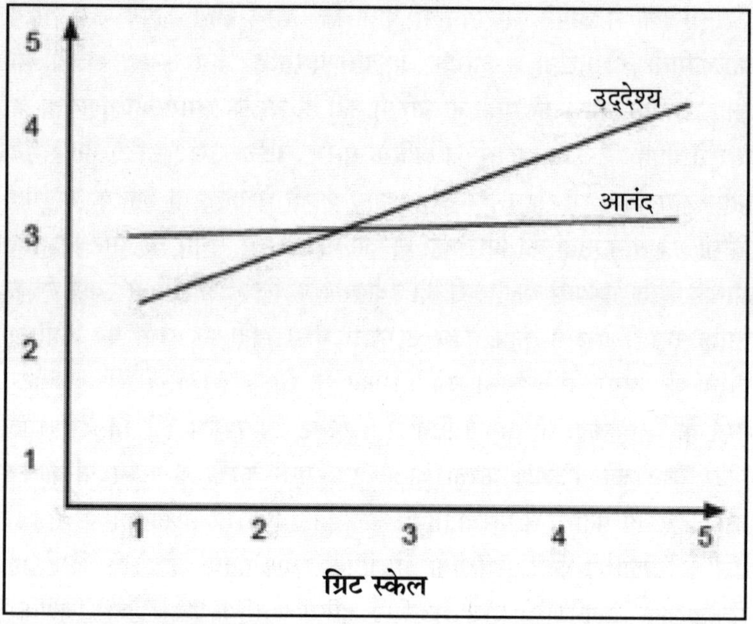

डाटा प्लॉट किया गया था। यह ग्राफ से देखा जा सकता है कि सार्थक जीवन की तलाश के लिए दूसरों की तुलना में दृढ़ लोग नाटकीय रूप से अधिक प्रेरित होते हैं। उद्देश्य पर उच्च स्कोर ग्रिट स्केल पर उच्च स्कोर के साथ सह-

संबद्ध है। एंजेला यहाँ लिखती हैं—'अधिकांश दृढ़ लोग अपने अंतिम लक्ष्य को अपने से परे दुनिया से अधिक गहराई के साथ जुड़ा हुआ पाते हैं।' एंजेला अंततः उद्देश्य की भावना पैदा करने के लिए तीन सिफारिशें देती हैं। तीनों उद्देश्य शोधकर्ताओं से प्राप्त किए गए हैं—

(i) डेविड येजर इस बात पर चिंतन करने की सलाह देते हैं कि आप जो काम पहले से कर रहे हैं, वह समाज में सकारात्मक योगदान कैसे दे सकता है।

(ii) एमी रेजनेव्स्की इस बारे में सोचने की सलाह देती हैं कि कैसे छोटे, लेकिन सार्थक तरीकों से, आप अपने वर्तमान कार्य को अपने मूल मूल्यों के साथ जोड़कर इसका प्रभाव बढ़ा सकते हैं।

(iii) बिल डेमन एक उद्देश्यपूर्ण रोल मॉडल से प्रेरणा पाने की सलाह देते हैं।

4. आशा

आशा केवल यह अपेक्षा नहीं कर रही है कि आनेवाला कल आज से बेहतर होगा, बल्कि यह जिम्मेदारी भी लेती है और कह रही है, "मैं कल को बेहतर बनाने का संकल्प करता हूँ।" दृढ़ लोगों के पास जो आशा होती है, उसका भाग्य से कोई लेना-देना नहीं होता है; लेकिन मुश्किल होने पर भी वे चलते रहते हैं। यह एक पुरानी जापानी कहावत के अनुरूप है—सात गिरो, आठ उठो।

आइए, नजर डालते हैं कुछ दिलचस्प शोध खुलासों पर। शोध में पाया गया है कि निराशावादी अपनी स्थायी मानसिकता से संबंधित निम्नलिखित वाक्यांशों के संदर्भ में सोचते हैं—

'मैं अब और नहीं सीख सकता।'

'मेरा व्यक्तित्व ऐसा ही है।'

'मैं इसी तरह कार्य करता हूँ।'

ये लोग सफलता की सीढ़ी पर आगे बढ़ने में असफल होते हैं।

दृढ़ रवैए को बनाए रखने के लिए आपको अपने अंदर एक आशावादी व्यक्तित्व को जगाना होगा और एक अलग पैटर्न (विकासशील मानसिकता) पर सोचना शुरू करना होगा—

'मैं सुधार कर सकता हूँ।'

'मैं यह कर सकता हूँ।'

'मेरी क्षमताएँ स्थायी नहीं हैं।'

कैरोल ड्वेक द्वारा उसी अवलोकन को प्रतिध्वनित किया गया है, जैसाकि इस पुस्तक के दूसरे अध्याय 'सुधार मानसिकता' में चर्चा की गई है।

कैरोल एवं एंजेला ने 'मानसिकता' व 'धैर्य' के बीच संबंध खोजने के लिए एक साथ काम किया और निष्कर्ष निकाला कि विकासशील मानसिकतावाले छात्र स्थायी मानसिकतावाले छात्रों की तुलना में काफी गंभीर होते हैं।

एंजेला इसे इस तरह से प्रस्तुत करती हैं—

"जब आप अपनी स्थिति को बेहतर बनाने के लिए उसे बदलने के तरीकों की खोज करते रहते हैं तो आप स्वयं को उन्हें खोजने का एक मौका देते हैं। जब आप खोज करना बंद कर देते हैं, यह मानते हुए कि वे नहीं मिल सकते हैं, तो आप मान लेते हैं कि आप नहीं कर पाएँगे।"

हेनरी फोर्ड को अकसर यह कहते हुए उद्धृत किया जाता है, "क्या आप सोचते हैं कि आप कर सकते हैं, या यह कि आप नहीं कर सकते—आप सही हैं?"

आपकी क्षमता के बारे में एक स्थायी मानसिकता आपको प्रतिकूल परिस्थितियों के एक निराशावादी स्पष्टीकरण की ओर ले जाती है और बदले में चुनौतियों को छोड़ देती है। इसके विपरीत, एक विकास मानसिकता प्रतिकूल परिस्थितियों को सुलझाने के आशावादी तरीकों और दृढ़ता की ओर ले जाती है। आप अपनी नई चुनौतियों की तलाश जारी रखते हैं और इस प्रकार परिस्थितियाँ एवं समय अंततः आपको और अधिक दृढ़ बना देंगे।

यदि हम इन शोधों से सहायता लेना सीख लें और इन चार सरल सिद्धांतों को अपने जीवन में लागू करें तो हम भी दृढ़ बन सकते हैं और अपने चयनित लक्ष्य की ओर अपनी यात्रा में 'रहने' के लिए सफल हो सकते हैं। विंस लोम्बार्डी कहते हैं, "जीतनेवाले कभी हार नहीं मानते और छोड़नेवाले कभी नहीं जीतते।"

उत्तरोतर प्रभाव का अधिकतम लाभ उठाने के लिए हमें भी जल्दी शुरुआत करने की आवश्यकता है। जितनी जल्दी हम छोटे बदलाव करना शुरू करते हैं, उतना ही अधिक शक्तिशाली रूप से उत्तरोतर प्रभाव हमारे पक्ष में काम करता है।

एक बार मैं अपने एक दोस्त मयूर के साथ जल्दी शुरुआत करने के महत्त्व पर चर्चा कर रहा था। यद्यपि मयूर शिक्षा से मेकैनिकल इंजीनियर हैं, फिर भी वे वित्त में रुचि विकसित कर रहे हैं। वर्तमान में वे कई व्यक्तियों के साथ ही निगमों के लिए भी वित्तीय सलाहकार के रूप में काम करते हैं। उन्होंने मुझे बताया कि निवेश के क्षेत्र में जल्दी शुरुआत करने का यह सिद्धांत बिल्कुल सही है। इस बात को उन्होंने एक उदाहरण से साबित किया, जो मैं यहाँ साझा कर रहा हूँ—

> *मान लीजिए, श्री गुप्ता ने 25 साल की उम्र में कॉलेज से स्नातक की पढ़ाई पूरी करने के बाद अपनी पहली नौकरी मिलने पर प्रतिमाह 5,000 रुपए का निवेश करना शुरू किया। दूसरी ओर, श्री सक्सेना ने तब तक नहीं बचाया, जब तक वे 40 वर्ष के नहीं हो गए। जब दोनों 60 वर्ष की आयु प्राप्त कर लेते हैं तो श्री गुप्ता के पास 1 करोड़ रुपए से अधिक हो जाएँगे, जो 15 प्रतिशत वार्षिक चक्रवृद्धि ब्याज की दर से बढ़ रहे हैं (15 प्रतिशत ब्याज दर मानकर)। भले ही श्री सक्सेना 40 वर्ष की आयु से 60 वर्ष की आयु तक 15,000 रुपए प्रति माह (श्री गुप्ता की राशि से तीन गुना अधिक) निवेश करना शुरू करते हैं, सामान्य सेवानिवृत्ति की आयु में उनके पास 48 लाख रुपए से कम राशि होगी। इतना ही नहीं, उन्होंने श्री गुप्ता से 15 लाख रुपए अधिक निवेश किया होगा।*

(इस तर्क को स्पष्ट रूप से समझने के लिए संलग्न तालिका देखें।)

श्री गुप्ता

आयु	वर्ष	वर्ष के अंत में शेष राशि	ब्याज (15 प्रतिशत)	संचयी
26	1	60,000.00	9,000.00	69,000.00
27	2	1,29,000.00	19,350.00	1,48,350.00
28	3	2,08,350.00	31,252.50	2,39,602.50
29	4	2,99,602.50	44,940.38	3,44,542.88

30	5	4,04,542.88	60,681.43	4,65,224.31
31	6	5,25,224.31	78,783.65	6,04,007.95
32	7	6,64,007.95	99,601.19	7,63,609.15
33	8	8,23,609.15	1,23,541.37	9,47,150.52
34	9	10,07,150.52	1,51,072.58	11,58,223.09
35	10	12,18,223.09	1,82,733.46	14,00,956.56
36	11	14,60,956.56	2,19,143.48	16,80,100.04
37	12	17,40,100.04	2,61,015.01	20,01,115.05
38	13	20,61,115.05	3,09,167.26	23,70,282.31
39	14	24,30,282.31	3,64,542.35	27,94,824.65
40	15	28,54,824.65	4,28,223.70	32,83,048.35
41	16	33,43,048.35	5,01,457.25	38,44,505.60
42	17	39,04,505.60	5,85,675.84	44,90,181.44
43	18	45,50,181.44	6,82,527.22	52,32,708.66
44	19	52,92,708.66	7,93,906.30	60,86,614.96
45	20	61,46,614.96	9,21,992.24	70,68,607.20
46	21	71,28,607.20	10,69,291.08	81,97,898.28
47	22	82,57,898.28	12,38,684.74	94,96,583.02
48	23	95,56,583.02	14,33,487.45	1,09,90,070.48
49	24	1,10,50,070.48	16,57,510.57	1,27,07,581.05
50	25	1,27,67,581.05	19,15,137.16	1,46,82,718.21
51	26	1,47,42,718.21	22,11,407.73	1,69,54,125.94
52	27	1,70,14,125.94	25,52,118.89	1,95,66,244.83
53	28	1,96,26,244.83	29,43,936.72	2,25,70,181.55
54	29	2,26,30,181.55	33,94,527.23	2,60,24,708.78

55	30	2,60,84,708.78	39,12,706.32	2,99,97,415.10
56	31	3,00,57,415.10	45,08,612.27	3,45,66,027.37
57	32	3,46,26,027.37	51,93,904.10	3,98,19,931.47
58	33	3,98,79,931.47	59,81,989.72	4,58,61,921.19
59	34	4,59,21,921.19	68,88,288.18	5,28,10,209.37
60	35	5,28,70,209.37	79,30,531.41	6,08,00,740.77
निवेश की गई राशि			21,00,000.00	
संचित राशि			1,00,30,531.41	

श्री सक्सेना

आयु	वर्ष	वर्ष के अंत में शेष राशि	ब्याज (15 प्रतिशत)	संचयी
26–39	1–15			
41	16	1,80,000.00	27,000.00	2,07,000.00
42	17	2,67,000.00	40,050.00	3,07,050.00
43	18	3,67,050.00	55,057.50	4,22,107.50
44	19	4,82,107.50	72,316.13	5,54,423.63
45	20	6,14,423.63	92,163.54	7,06,587.17
46	21	7,66,587.17	1,14,988.08	8,81,575.24
47	22	9,41,575.24	1,41,236.29	10,82,811.53
48	23	11,42,811.53	1,71,421.73	13,14,233.26
49	24	13,74,233.26	2,06,134.99	15,80,368.25
50	25	16,40,368.25	2,46,055.24	18,86,423.49
51	26	19,46,423.49	2,91,963.52	22,38,387.01
52	27	22,98,387.01	3,44,758.05	26,43,145.06
53	28	27,03,145.06	4,05,471.76	31,08,616.82

54	29	31,68,616.82	4,75,292.52	36,43,909.34
55	30	37,03,909.34	5,55,586.40	42,59,495.74
56	31	43,19,495.74	6,47,924.36	49,67,420.11
57	32	50,27,420.11	7,54,113.02	57,81,533.12
58	33	58,41,533.12	8,76,229.97	67,17,763.09
59	34	67,77,763.09	10,16,664.46	77,94,427.55
60	35	78,54,427.55	11,78,164.13	90,32,591.69
निवेश की गई राशि			36,00,000.00	
संचित राशि			47,78,164.13	

अब आप समझ सकते हैं, श्री सक्सेना ने बहुत अधिक राशि का निवेश किया और फिर भी उनके पास जितना पैसा हो सकता था, उसके आधे से भी कम के साथ समाप्त हो गया। ऐसा तब होता है, जब हम आवश्यक व्यवहारों व अनुशासनों में विलंब करते हैं और उनकी उपेक्षा करते हैं। छोटे विषयों को शुरू करने के लिए एक और दिन की प्रतीक्षा न करें, जो आपको आपके लक्ष्यों की दिशा में ले जाएँगे।

आज ही शुरू करें और आगे बढ़ें।

दिमागी कसरत

जिन कार्यों को आपने अधूरा छोड़ दिया है, उनकी कारण सहित सूची बनाएँ।

____

____

____

____

____

आपकी रुचि का मुख्य क्षेत्र क्या है? इसे विकसित और गहरा करने के लिए आप क्या कर रहे हैं?

क्या आप सुविचारित अभ्यास कर रहे हैं ?

पहचानें कि आपको अपनी रुचि के क्षेत्र में सुधार की अपनी यात्रा पर बने रहने के लिए क्या करने की आवश्यकता है ?

मुख्य बिंदु

1. पूर्णता की अवस्था तक पहुँचने के लिए हमें वांछित लक्ष्य का पीछा करते हुए लगातार बने रहने की आवश्यकता है।
2. चक्रवृद्धि ब्याज दुनिया का आठवाँ अजूबा है।
3. इसमें कोई आश्चर्य की बात नहीं है कि समय के साथ छोटे लगने वाले कदमों को यदि लगातार उठाया जाए तो इससे आमूल-चूल बदलाव कर देते हैं।
4. जीवन एक स्प्रिंट नहीं, बल्कि एक मैराथन है, जहाँ 'डटे रहना' मायने रखता है।
5. दृढ़ता के सभी प्रतिमानों का दोहराव है—"जो कुछ भी हो, मैं सुधार करना चाहता हूँ।"
6. उत्तरोतर प्रभाव का अधिकतम लाभ उठाने के लिए हमें भी जल्दी शुरुआत करने की आवश्यकता है। जितनी जल्दी हम छोटे बदलाव करना शुरू करते हैं, उतना ही अधिक शक्तिशाली रूप से उत्तरोतर प्रभाव हमारे पक्ष में काम करता है।

□

10

मदद माँगें

"जीवन में सबसे बड़े दोषों में से एक मदद माँगने की असमर्थता है।"

—रॉबर्ट कियोसाकी

I. उत्तरदायित्व पद्धति

हमारे आश्रम (मठ) में मैंने और मेरे एक मित्र सागर ने संपूर्ण 'श्रीमद्भगवद्गीता' को कंठस्थ करने का कार्य किया था। हम दोनों को श्लोक याद करने का एक सा शौक है। मैं रोज सुबह एक श्लोक याद करता था और वह भी वही करता था। शाम को हम एक साथ बैठते और एक-दूसरे की परीक्षा लेते।

एक अवसर पर सागर को अपनी बीमार माँ की देखभाल के लिए घर जाना पड़ा और वह लगभग एक सप्ताह तक आश्रम से बाहर रहा। उस दौरान मेरे पास अपने सीखने की जाँच करने के लिए शाम को रिपोर्ट करनेवाला कोई नहीं था। मुझे अब भी याद है, उस सप्ताह के दौरान श्लोकों को याद करने की मेरी गति कम हो गई और मैंने पिछले सप्ताह की तुलना में कम संख्या में छंदों को याद किया। सागर के आश्रम में वापस आने के बाद हमने एक-दूसरे का परीक्षण करने के अपने प्रतिदिन के शाम के कार्यक्रम को फिर से शुरू किया और एक बार फिर हम ट्रैक पर थे। उन्होंने भी ऐसा ही एक अनुभव साझा किया—कि जब वे घर पर थे तो किसी के प्रति जवाबदेह नहीं

थे। उन्होंने पर्याप्त समय होने के बावजूद कोई भी श्लोक याद नहीं किया। हमने निष्कर्ष निकाला कि एक-दूसरे के प्रति यह 'जवाबदेही' हमें अपनी यात्रा में आगे बढ़ने के लिए प्रत्यक्ष या अप्रत्यक्ष रूप से मदद कर रही थी।

हमारी सुधार यात्रा में जवाबदेही एक बहुत शक्तिशाली उपकरण है। अगर हम मानते हैं कि कोई हमें देख रहा है तो हम अलग तरह से व्यवहार करते हैं। जब हम मानते हैं कि हमें अपने कार्यों के लिए जवाबदेह ठहराया जा सकता है—तब बजाय उस समय, जब हम केवल स्वयं के प्रति उत्तरदायी होते हैं—हम अधिक आत्म-आदेश दिखाते हैं।

हम सभी ने देखा है कि जब पुलिसकर्मी अपने डंडे व सीटी के साथ रोड सिग्नल पर खड़ा होता है तो कोई भी ट्रैफिक नियम तोड़ने की हिम्मत नहीं करता है और जब वह नहीं होता तो लोग नियम तोड़ने लगते हैं (कम-से-कम भारत के कुछ हिस्सों में)।

यहाँ तक कि 'यह इलाका सी.सी.टी.वी. की निगरानी में है' की चेतावनी भी लोगों को खुद पर नजर रखने और लोगों को प्रलोभन से भरे अनुचित कर्म करने से रोकती है। शायद इसी वजह से स्कूलों, बैंकों, कार्यालयों, ट्रैफिक सिग्नलों, मंदिरों, पार्किंग क्षेत्रों आदि के पास सी.सी.टी.वी. कैमरे लगाने का चलन है। वे यह भी जोर से और स्पष्ट रूप से घोषणा करते हैं कि 'आप निगरानी में हैं', लोगों को यह महसूस कराने के लिए कि वे जवाबदेह हैं।

एक बार हमारे आश्रम में निखिल, जो एक निवासी भिक्षु थे, का जन्मदिन मनाने के लिए पकौड़े बनाए गए थे। मारुति, जिसे पकौड़े सबसे ज्यादा पसंद थे, लेकिन वह उस दिन एक पकौड़ा लेने का भी विरोध कर रहा था, भले ही निखिल खुद आग्रह कर रहा था। इस असामान्य दृश्य पर खुद का विरोध करने में असमर्थ मैंने मारुति से कारण पूछा। अप्रसन्न होकर मारुति ने जवाब दिया, "मुझे पकौड़े बहुत पसंद हैं और मुझे केवल एक लेने में कोई आपत्ति नहीं है; लेकिन कल मुझे एक आयुर्वेदिक डॉक्टर से मिलना है और उन्होंने मुझे इलाज के दौरान तली हुई चीजें नहीं खाने के लिए कहा है। डॉक्टर अपनी नाड़ी जाँच में बहुत सक्षम हैं और यह पता लगा सकते हैं कि आपने पिछले दिन क्या-क्या सेवन किया है; और अगर आहार का ठीक से पालन नहीं किया गया तो अंत में वे मुझे डाँटेंगे।"

हम में से कुछ लोग मारुति की अपच की समस्या और उसके इलाज के बारे में जानते थे। जिन्हें पता नहीं था, वे बड़े चाव से पकौड़े खाकर उसे चिढ़ा रहे थे। हालाँकि, पकौड़े मारुति के पसंदीदा थे, लेकिन वह अपने स्वास्थ्य के बजाय अगले दिन डॉक्टर और उसकी परीक्षा के बारे में अधिक चिंतित था, जो उसके उत्तर से स्पष्ट था। वह प्रलोभन का विरोध कर रहा था, क्योंकि वह खुद को डॉक्टर के प्रति जवाबदेह महसूस कर रहा था।

फिटनेस प्रशिक्षकों, डॉक्टरों, वित्तीय योजनाकारों, जीवन प्रशिक्षकों, कार्यकारी प्रशिक्षकों, जिम प्रशिक्षकों, व्यक्तिगत आयोजकों और पोषण विशेषज्ञों का मुख्य लाभ उनकी विशेषज्ञता के अलावा उनके द्वारा जनित जवाबदेही है। कई लोगों के लिए उनकी सुधार यात्रा में इस तरह की बाहरी जवाबदेही नितांत आवश्यक है। यह जानते हुए कि मैं किसी के प्रति जवाबदेह हूँ, मेरे लिए एक शक्तिशाली प्रेरक बन सकता है।

एक अवसर पर आश्रम के भिक्षुओं में से एक शिष्य सचिन रात के खाने के दौरान सभी भिक्षुओं के सामने साहसपूर्वक घोषणा कर रहे थे, "मैं कल से एक महीने तक मिठाई नहीं खाऊँगा।"

मुझे पता था कि उन्हें ऐसा करने के लिए कोई चिकित्सीय बाध्यता नहीं है, फिर इतना साहसिक सार्वजनिक बयान क्यों? बाद में, मैंने उनसे उनकी साहसिक घोषणा के बारे में पूछा, जिस पर उन्होंने जवाब दिया, "कल से कार्तिक का महीना शुरू हो रहा है और मैंने अपने वरिष्ठ नेता से उनके उपदेश के दौरान सुना है कि इस दौरान भगवान् की प्रसन्नता के लिए अपनी पसंदीदा चीज को छोड़ देना चाहिए।"

मैंने हामी में सिर हिलाया और कहा, "कार्तिक महीने की शुरुआत के बारे में हम सभी जानते हैं और यह भी कि इस महीने के दौरान कितनी तपस्या करने की जरूरत है! हम में से सभी ने निजी तौर पर कुछ प्रतिज्ञाएँ ली हैं। लेकिन इतना दुस्साहसिक होने और सार्वजनिक घोषणा करने का क्या कारण है?"

"देखो," सचिन ने शुरू किया, "मैं अपनी प्रतिबद्धताओं में बहुत कमजोर हूँ। पिछले साल भी मैंने एक प्रतिबद्धता निजी तौर पर ली थी, लेकिन पूरे महीने तक जारी नहीं रख सका। अब मैं सभी के सामने घोषणा कर रहा हूँ कि जब हम भोजन के लिए एक साथ बैठेंगे तो मैं सभी के प्रति जवाबदेह रहूँगा

और अगर मैं अपनी प्रतिबद्धता तोड़ता हूँ तो ऐसे लोग भी हो सकते हैं, जो मुझे इसकी याद दिलाएँगे।"

सार्वजनिक होना जवाबदेही बनाने का एक और तरीका है। अपने संस्मरण 'द राइटिंग ऑफ वन नॉवेल' में उपन्यासकार इरविंग वालेस ने वर्णित किया है, "जब आप एक स्वतंत्र लेखक होते हैं, बिना नियोक्ता के, बिना घंटों या समय-सीमा के तो आपको वास्तविक लेखन में खुद को मजबूर करने के लिए छोटे खेल खेलने पड़ते हैं। मेरे लिए एक खेल यह घोषणा करना है···कि मैंने आखिरकार अपनी अगली पुस्तक पर फैसला कर लिया है कि मैं इसे लिखने के लिए तैयार हूँ···अपने गौरव को फिर से प्राप्त करने के लिए।"

जब हम सार्वजनिक रूप से की गई अपनी प्रतिबद्धता का पालन नहीं करते हैं तो हमें 'अविश्वसनीय' या 'आलसी' के रूप में उच्चारित किए जाने का डर होता है। हम न केवल अपने प्रति अपनी प्रतिबद्धताओं को निभाने में विफल हो रहे हैं, बल्कि दूसरों से किए गए अपने वादों को पूरा करने में भी विफल हो रहे हैं। हम चाहते हैं कि हम दूसरों को पसंद करें, दूसरों पर भरोसा करें, दूसरों से प्रेम करें और इसलिए, हम उनकी राय की परवाह करते हैं। ठीक यही है, कैसे हम 'जवाबदेह' बनकर दूसरों की मदद ले सकते हैं!

जबकि व्यक्ति जवाबदेही में भागीदार हो सकते हैं, एक जवाबदेही समूह में शामिल हो जाना भी उपयोगी हो सकता है। जैसे हम शराबियों को देखते हैं··· समान विचारधारावाले ये लोग जवाबदेही देते भी हैं और लेते भी हैं। इसे बुरी आदतों को छोड़ने में एक शक्तिशाली कारक के रूप में देखा गया है।

किसी के प्रति जवाबदेह होना, या तो व्यक्तिगत रूप से या समूह के प्रति, दूसरों से मदद लेने के रूप में है। लेकिन हम अपनी सुधार यात्रा में दूसरों की मदद ले सकते हैं, खासकर उन क्षेत्रों में, जहाँ हमारे पास जागरूकता की कमी है। आइए, देखें कि कैसे!

II. 'द फीड-फॉरवर्ड मेथड'

परम पावन भक्ति तीर्थ स्वामी, एक बहुत वरिष्ठ संन्यासी (भिक्षु) और दिव्य कृपा ए.सी. भक्तिवेदांत स्वामी प्रभुपाद (ISKCON के संस्थापक आचार्य)

के शिष्य की एक बहुत ही अजीब आदत थी, जब वे एक ब्रह्मचारी थे और इससे मुझे वास्तव में दिलचस्पी हुई। वह जाकर अपने समकक्षों व वरिष्ठों से मिलता और उनसे पूछता, "क्या मुझमें कुछ ऐसा है, जो तुम्हें ठीक नहीं लगता और तुम उससे चिढ़ते हो? ऐसी कौन सी चीजें हैं, जो मैं अनुचित तरीके से करता हूँ? क्या मैं ऐसा कुछ करता हूँ, जो आपको परेशान करता है; और अगर 'हाँ' तो मैं उसमें कैसे सुधार कर सकता हूँ, ताकि मैं बेहतर सेवा कर सकूँ?"

मूल रूप से वह अपने व्यक्तित्व के उस क्षेत्र से टकरा रहा था, जिसे मनोवैज्ञानिक एक 'ब्लाइंड स्पॉट' कहते हैं। आप सोच रहे होंगे कि यह 'ब्लाइंड स्पॉट' क्या है? आइए, इसे ऐसे समझते हैं—

सन् 1955 में अमेरिकी मनोवैज्ञानिक जोसेफ लुफ्ट तथा हैरी इंघम ने एक व्यक्ति के भीतर आत्म-जागरूकता में सुधार के लिए एक तकनीक का आविष्कार किया और उन्होंने उसे 'जोहरी विंडो' नाम दिया (यह नाम रचनाकारों—जोसेफ व हैरी के पहले नामों से लिया गया है)। यह विंडो अपने तथा दूसरों के व्यवहार में अंतर्दृष्टि प्रदान करती है और इसका उपयोग कई उद्देश्यों के लिए भी किया जा सकता है, जिसमें आत्म-जागरूकता, व्यक्तिगत विकास, संचार में सुधार, समूह की गतिशीलता आदि शामिल हैं। जैसाकि चित्र में दिखाया गया है, खिड़की को चार चतुर्भुजों में विभाजित किया गया है, जिनका प्रतिनिधित्व ये चार संयोजन करते हैं—

	मैं जानता हूँ	**मैं नहीं जानता**
दूसरे जानते हैं	खुला स्थान	ब्लाइंड स्पॉट
दूसरे नहीं जानते	छिपा हुआ क्षेत्र	अज्ञात क्षेत्र

1. खुला स्थान (Open) : जिसे आप जानते हैं—दूसरे भी जानते हैं

यह चतुर्थांश उस व्यवहार के बारे में है, जिसे आप जानते हैं और दूसरों के द्वारा भी देखा व स्वीकार किया जाता है। आपकी कुछ प्रतिभाएँ, कौशल, क्षमताएँ, कमजोरियाँ स्वयं आपको और दूसरों को भी पता हैं।

2. ब्लाइंड स्पॉट (Blind Spot) : खुद से अनजान—दूसरों को पता होता है

यह चतुर्थांश उस व्यवहार के बारे में है, जो आपके लिए पूरी तरह से अज्ञात है, लेकिन दूसरों द्वारा स्वीकार किया गया है। यह दूसरों को आपके बारे में बात करने के लिए प्रेरित कर सकता है, क्योंकि वे कुछ ऐसा देख सकते हैं, जो आप नहीं देखते हैं। नींद के दौरान खर्राटे लेना, पसीने से दुर्गंध आना, बात करते समय एक ही शब्द का बार-बार प्रयोग, फिजूलखर्ची आदि इसके कुछ उदाहरण हैं।

यह चतुर्थांश हमारे लिए काफी चिंता का विषय है। परम पूज्य भक्ति तीर्थ स्वामी, जिनके बारे में मैं बात कर रहा था, दूसरों की मदद से इस क्षेत्र में सुधार करना चाहते थे।

3. छिपा हुआ क्षेत्र (Hidden) : आप इसे जानते हैं—दूसरों के लिए अज्ञात होता है

यह चतुर्थांश उस व्यवहार और कौशल के बारे में है, जो आप जानते हैं, लेकिन दूसरों को इसकी कोई खबर नहीं है। लोग कुछ जानकारी अपने पास रख सकते हैं और इसे दूसरों के साथ साझा नहीं करते हैं। उदाहरण के लिए, मैं एक बाँसुरी-वादक हूँ और अपने खाली समय में बाँसुरी बजा सकता हूँ, लेकिन मैं इसे अपने सहयोगियों से छिपाकर रखता हूँ।

छिपा हुआ क्षेत्र सीमित संख्या में अन्य लोगों के लिए भी अज्ञात हो सकता है। मैं अपने शौक को अपने कुछ दोस्तों के साथ साझा कर सकता हूँ और फिर, वे भी इसके बारे में जान लेते हैं।

4. अज्ञात क्षेत्र (Unknown) : स्वयं के लिए अज्ञात—दूसरों के लिए भी अज्ञात होता है

यह चतुर्थांश आपके बारे में कुछ विशेष लक्षणों के बारे में है, जो न तो आप जानते हैं और न ही दूसरों द्वारा जाने या स्वीकार किए जाते हैं। इस अज्ञात क्षेत्र में कोई संचार मौजूद नहीं है। यह चतुर्थांश इसलिए चर्चा से बाहर है, क्योंकि दोनों पक्ष इससे अनजान हैं।

हम सभी 'जोहरी विंडो' की इस अद्भुत अवधारणा का एक अच्छा लाभ उठा सकते हैं, विशेष रूप से 'अंधे स्थान' (ब्लाइंड स्पॉट) में, जहाँ हम अपने लक्षणों से पूरी तरह अनजान हैं, लेकिन अन्य लोग उनके बारे में जानते हैं। हम निश्चित रूप से अपने दोस्तों, परिवार के सदस्यों एवं सहकर्मियों से पूछताछ कर सकते हैं और सुधार के लिए यात्रा शुरू कर सकते हैं।

जाहिर है, दूसरों से अपनी कमियों के बारे में पूछने के लिए विनम्रता की आवश्यकता होती है। यह चुनौतीपूर्ण भी है और बाद में उन सुझावों को व्यवहार में लाने के लिए बहुत साहस की आवश्यकता होती है। जब कोई उन्हें फीडबैक देता है तो लोग रक्षात्मक हो जाते हैं।

इस मामले में चूँकि हमारा ध्यान अतीत पर नहीं, बल्कि भविष्य (कैसे सुधारें) पर है और हमने खुद दूसरों से इसके बारे में पूछा है, इसे 'फीडबैक' नहीं कहा जाता है। इसे 'फीड-फॉरवर्ड' कहा जाता है।

अतीत में किसी व्यक्ति के प्रदर्शन को रेटिंग देने और उसे आँकने के बजाय 'फीड-फॉरवर्ड' भविष्य में उनके विकास पर ध्यान केंद्रित करता है। 'फीड-फॉरवर्ड' की यह अवधारणा मूल रूप से एक प्रबंधन विशेषज्ञ मार्शल गोल्डस्मिथ द्वारा विकसित की गई थी, जिन्होंने यू.सी.एल.ए. से पी-एच.डी. संगठनात्मक व्यवहार में की और जिनके पास विभिन्न संगठनों में व्यवहार को मापने एवं विश्लेषण करने में 30 से अधिक वर्षों का अनुभव था। उनके अनुसार, सफल लोग प्रतिक्रिया को सकारात्मक रूप से नहीं लेते, क्योंकि उनकी धारणा है कि वे पहले से ही सफल हैं। जब कोई उन्हें फीडबैक देता है तो वे इनकार की मुद्रा में आ जाते हैं। मार्शल का काम इन मुख्य कार्यकारी अधिकारियों में एक व्यक्तिगत आदत की पहचान करके उनकी मदद करना है, जो उनके सहकर्मियों

को परेशान कर रही है और इसे खत्म करने में उनकी मदद करना है। यह उन्हें संगठन के लिए अपना मूल्य बनाए रखने में सक्षम बनाता है।

अपने अनुभवों के आधार पर मार्शल ने एक बेस्टसेलिंग पुस्तक लिखी है, 'जिसने आपको यहाँ पाया, आपको वहाँ न पा सकेगा।' वे लिखते हैं—'मेरा काम इन सफल लोगों को यह दिखाना है कि जो कौशल और आदतें उन्हें यहाँ तक ले आई हैं, हो सकता है, वे उन्हें और आगे न ले जा पाएँ।' इन अधिकारियों की मदद करने के लिए मार्शल पहले उनके सहयोगियों और परिवार के सदस्यों से उनकी ताकत एवं कमजोरियों के व्यापक मूल्यांकन के लिए '360 डिग्री फीडबैक' माँगता है, फिर वह इन अधिकारियों को यह बताता है कि हर कोई वास्तव में उनके बारे में क्या सोचता है! जब वे सहमत हो जाते हैं कि उनके पास सुधार करने के लिए जगह है तो वह उन्हें बताता है कि इसके लिए उन्हें क्या करना है!

यह उन लोगों से माफी माँगने के साथ शुरू होता है, जिन पर उनके त्रुटिपूर्ण व्यवहार का प्रभाव था और दूसरा, अपने बेहतर होने के प्रयासों का विज्ञापन करने के द्वारा। मार्शल उन्हें अपने सहकर्मियों, परिवार के सदस्यों और दोस्तों की बातों को बिना किसी पूर्वग्रह के सुनने की कला भी सिखाते हैं और 'फीड-फॉरवर्ड' कार्य-पद्धति के चमत्कार उन्हें बताते हैं कि उन्हें लोगों से सलाह करनी होगी कि भविष्य में बेहतर कार्य करने के लिए उन्हें क्या करना चाहिए? यह वही है, जो परम पावन भक्ति तीर्थ स्वामी अपने दम पर कर रहे थे (मार्शल के बिना)। वह 'फीड-फॉरवर्ड' कार्य-पद्धति का लाभ ही तो उठा रहे थे।

जब हम दूसरों से अपनी आदतों एवं व्यवहारों, जो उन्हें कष्ट पहुँचाते हैं, के बारे में जानने का साहस जुटाते हैं और थोड़ी विनम्रता बरतते हैं या फिर उन विशेष बातों में, जिन्हें हमने सुधार के लिए चुना है, उनसे सुझाव माँगते हैं, तब हम एक 'अंध-क्षेत्र' में प्रवेश कर रहे हैं। जब हम सचेत रूप से इन परिवर्तनों को करने का प्रयास करते हैं तो हम ऐसे सुधार करने लगते हैं, जो पहले हमें हमारी पहुँच से बाहर लगते थे। यह तरीका अद्‌भुत काम करता है। और ऐसा इसलिए है, क्योंकि हम भविष्य को बदल सकते हैं, लेकिन अतीत को नहीं।

कभी-कभी सुझाव या 'फीड-फॉरवर्ड' अजनबियों से भी आ सकते हैं। यदि आप उन सुझावों पर देखने का सही दृष्टिकोण रखते हैं तो वे आपके जीवन

में चमत्कार कर सकते हैं। यहाँ दिव्य कृपा ए.सी. भक्तिवेदांत स्वामी प्रभुपाद का एक उदाहरण प्रस्तुत है।

यद्यपि श्रील प्रभुपाद के आध्यात्मिक गुरु सन् 1937 में इस दुनिया से चले गए थे, उनके निर्देश श्रील प्रभुपाद के मन में लगातार गूँज रहे थे—"आप एक शिक्षित युवक हैं। आप पूरी दुनिया में प्रभु के संदेश का प्रचार क्यों नहीं करते?"

प्रभुपाद के आध्यात्मिक गुरु भक्तिसिद्धांत सरस्वती ठाकुर (BST) ने पहली मुलाकात में श्रील प्रभुपाद से यही पूछा था। तब से अपने आध्यात्मिक गुरु के इस दुनिया से चले जाने के बाद श्रील प्रभुपाद ने 'बैक टू गॉडहेड' पत्रिका सहित कई लेखन परियोजनाएँ शुरू कीं, जिन्हें वर्ष 1944 में शुरू किया गया। उन्होंने अपने आध्यात्मिक गुरु की इच्छा को पूरा करने के प्रयासों में झाँसी एवं दिल्ली की यात्रा की और फिर अंत में वृंदावन में बस गए। उन्होंने अपना लेखन और प्रकाशन कार्य निर्बाध रूप से जारी रखा। वे न केवल लिखते थे, बल्कि सामग्री का संपादन भी करते थे, पेपर खरीदते थे, पत्रिकाएँ व पत्रक खरीदते थे और उन्हें रुचि रखनेवाले लोगों तथा शिक्षाविदों को वितरित करते थे।

एक बार एक पुस्तकालयाध्यक्ष ने श्रील प्रभुपाद को पुस्तकें लिखने की सलाह दी, क्योंकि वे स्थायी थीं। दूसरी ओर, समाचार-पत्रों को एक बार पढ़ा जाता था और फेंक दिया जाता था। उन्होंने सलाह को गंभीरता से लिया, जैसेकि उनके आध्यात्मिक गुरु उस व्यक्ति के माध्यम से बोल रहे थे! इसके बाद एक भारतीय सैन्य अधिकारी—जिसे 'बैक टू गॉडहेड' पसंद था—ने भी यही सुझाव दिया। एक आश्रित सेवक के रूप में लगातार अपने पारलौकिक गुरु की इच्छाओं का ध्यान करते हुए और उनके मार्गदर्शन की तलाश में श्रील प्रभुपाद ने अपने आध्यात्मिक गुरु के पारस्परिक आशीर्वाद और उनकी व्यक्तिगत उपस्थिति को महसूस किया। उन्होंने पुस्तकें लिखने के लिए एक महान् प्रेरणा महसूस की और इस तरह उन्होंने एक अंग्रेजी अनुवाद और 'मैग्नम ओपस श्रीमद्भागवतम्' की टिप्पणी शुरू की।

श्रील प्रभुपाद ने 70 साल की उम्र में 'श्रीमद्भागवतम्' के अपने पहले तीन प्रकाशित संस्करणों के साथ अमेरिका की यात्रा शुरू की, जिसके बारे में उनका मानना था कि उनका यह कदम पूरी दुनिया के हृदयों को बदल सकता है। उन्होंने सन् 1966 में न्यूयॉर्क में 'इस्कॉन' की

स्थापना की और पुस्तकों का प्रकाशन जारी रखा। 1977 में इस दुनिया से चले जाने तक 11 वर्षों में उन्होंने जो हासिल किया, वह वास्तव में आश्चर्यजनक है।

दुनिया ने उनके 80 से अधिक पुस्तकों के जादुई पराक्रम-लेखन को देखा है, जो आंदोलन का आधार बने। उन्होंने पुस्तकों की छपाई के लिए बी.बी. टी. (भक्तिवेदांत बुक ट्रस्ट) की स्थापना, दुनिया भर में हजारों शिष्य बनाना, सैकड़ों मंदिर खोलना, कृषि समुदाय और गुरुकुलों (प्राचीन मूल्यों एवं संस्कृति को पढ़ाने के लिए स्कूल) की स्थापना एवं विकास का महती कार्य किया।

उनके जाने के बाद भी उनकी लाखों पुस्तकें अभी भी प्रकाशित व वितरित की जा रही हैं, जो लाखों लोगों के दिलों में सकारात्मक और उच्च परिवर्तन ला रही हैं।

यह सब पुस्तकों को प्रकाशित करने के लिए एक अजनबी के सुझाव के साथ शुरू हुआ।

जाहिर है, श्रील प्रभुपाद के अपने आध्यात्मिक गुरु के निर्देशों तथा भगवान् में दृढ़ विश्वास ने उन्हें अपने प्रयासों में सफल बना दिया और उस अजनबी के सुझाव केवल घटनात्मक थे। लेकिन फिर भी, एक अजनबी का यह सरल निर्देश विश्व इतिहास को आकार देने में एक बहुत शक्तिशाली कारक बना।

आपके मन में यह प्रश्न उठ सकता है—'क्या मुझे अपने आसपास के प्रत्येक व्यक्ति से सुझाव सुनना चाहिए, चाहे वह सुझाव कुछ भी हो?'

जवाब 'नहीं' है।

लेकिन आपको उन सुझावों को सुनना होगा, जो आपको आपके लक्ष्य के करीब ले जाते हैं। श्रील प्रभुपाद के मामले में अजनबी से पुस्तकें लिखने का सुझाव उनके आध्यात्मिक गुरु के निर्देशों के अनुरूप था। उनके आध्यात्मिक गुरु ने उन्हें आदेश दिया था, "जब भी आपको पैसा मिले, पुस्तकें छापें।" और इसलिए, जब उस अजनबी ने सुझाव दिया तो श्रील प्रभुपाद देख सकते थे कि उनके आध्यात्मिक गुरु उस व्यक्ति के माध्यम से बोल रहे थे।

दूसरे शब्दों में, एक बहुत ही खरा संदेश है—'फीड-फॉरवर्ड' के लिए अपनी आँखें कभी न मूँदें।

दिमागी कसरत

क्या आप अपनी सुधार की यात्रा में किसी के प्रति जवाबदेह हैं ?

कुछ साहस जुटाएँ और विनम्रता के साथ अपने सहयोगियों से विशिष्ट क्षेत्रों में सुधार के बारे में फीड-फॉरवर्ड माँगें।

मुख्य बिंदु

1. जवाबदेही प्रदर्शन को बेहतर बनाने में मदद करती है। अगर हम जानते हैं कि कोई हमें देख रहा है और हम जवाबदेह हैं, तो हम अलग तरह से व्यवहार करते हैं।
2. जब हमारे पास उन लोगों के सामने बनाए रखने के लिए एक छवि होगी, जो हमारे लिए मायने रखते हैं, तो हम अपनी प्रतिबद्धताओं पर टिके रहने के लिए बेहतर ढंग से सुसज्जित होंगे।
3. अपने व्यक्तित्व के 'अंधे पहलुओं' पर काम करके भरोसेमंद साथियों की मदद लेना एक ज्ञानवर्धक व्यायाम हो सकता है।
4. यदि आप बेहतर होने के अपने प्रयास का विज्ञापन करते हैं तो आपके आसपास के लोग लक्ष्य हासिल करने में आपकी मदद करेंगे।
5. सुझावों को फिल्टर करें और उन्हें सुनें, जो आपको आपके लक्ष्य के करीब ले जाते हैं।

□

अनुभाग–3

दैनिक बाधाओं का समाधान

पुस्तक में वर्णित विषयों पर आधारित मेरी बातचीत के दौरान मुझे श्रोताओं से कई प्रश्न प्राप्त हुए। उनके प्रश्नों को हल करने के दौरान मैंने महसूस किया कि लोगों के सामने आनेवाली कई समस्याएँ प्रकृति में समान हैं। मैंने कुछ ऐसे प्रश्नों के उत्तर देने का प्रयास किया है, जो रोजमर्रा की समस्याओं से संबंधित हैं, ताकि मेरे पाठक उनसे लाभान्वित हो सकें।

प्रश्न 1 : मैं हर रात सोने से पहले सुबह जल्दी उठने का फैसला करता हूँ। लेकिन जब अलार्म बजता है तो मुझे नहीं पता कि मेरी इच्छा-शक्ति कहाँ चली जाती है, जो रात में थी! कोई समाधान?

उत्तर : हाँ, सुबह जल्दी उठना बहुत जरूरी है; लेकिन कई लोगों को यह चुनौतीपूर्ण लगता है। आप अकेले नहीं हैं, क्योंकि यह एक सार्वभौमिक समस्या है। लेकिन इसका मतलब यह नहीं है कि कोई जल्दी उठनेवाला नहीं बन सकता। मैं निम्नलिखित सुझाव देना चाहूँगा, जो सहायक हो सकते हैं—

1. सबसे पहले आपके पास सुबह जल्दी उठने का कोई ठोस कारण होना चाहिए। यदि आपके पास पर्याप्त रूप से मजबूत कारण नहीं है तो जल्दी उठना बहुत मुश्किल होगा। यदि आपका तर्क सम्मोहक है तो आपकी 'क्यों' शक्ति भी दृढ़ होगी। यह सुबह उठने के लिए आपके

आत्मविश्वास और दृढ़ संकल्प को मजबूत करेगी।

सोचिए, अगर आपकी सुबह 5 बजे कोई फ्लाइट है, जिसे आपको किसी जरूरी काम के लिए पकड़ना है, तो आपको 2 या 3 बजे जरूर उठना होगा, ताकि आपकी फ्लाइट छूट न जाए। आप मूल रूप से बिस्तर पर जाने से पहले अपने दिमाग को जल्दी उठने के लिए तैयार करना शुरू कर देते हैं। रात में यह मानसिक तैयारी, जागने के ठोस कारण के साथ, जल्दी उठने की कुंजी है।

जैसाकि डॉ. ए.पी.जे. अब्दुल कलाम ने ठीक ही कहा है, "सपना वह नहीं है, जो आप नींद में देखते हैं; सपना वह है, जो आपको सोने नहीं देता।"

2. एक बार जब आपके पास ठोस कारण हो तो आपको प्रेरणा लेने की जरूरत है। मैंने देखा है कि किसी विशेष कार्य को करने की हमारी प्रेरणा उस चीज के महत्त्व के बारे में हमारे ज्ञान के समानुपाती होती है। मैंने कई छात्रों को इसके स्वास्थ्य-लाभों के बारे में जानने के बाद करेला खाते देखा है, भले ही उन्हें यह पसंद न हो।

   इसलिए, यदि आप जल्दी उठना चाहते हैं तो जल्दी उठने के महत्त्व के बारे में जानकारीपूर्ण वीडियो पढ़ना और देखना शुरू करें। यदि आप जानते हैं कि विभिन्न क्षेत्रों के कई सफल लोग सुबह जल्दी उठते हैं तो यह आपको भी ऐसा करने के लिए प्रेरित कर सकता है। मैं अलग-अलग क्षेत्रों के कुछ सफल लोगों के नाम दे रहा हूँ, जो सुबह जल्दी उठते हैं—नरेंद्र मोदी, विराट कोहली, अक्षय कुमार, अमिताभ बच्चन, टिम कुक, विवेक बिंद्रा··· यह सूची और आगे बढ़ती है···

3. आप केवल जल्दी उठने की प्रेरणा पर भरोसा नहीं कर सकते, क्योंकि अंततः आपका शरीर अपने हिस्से के आराम की माँग करेगा। जल्दी उठने के लिए आपको कुछ तैयारियों की आवश्यकता होगी। उनमें से एक है—जल्दी सोना। आप मेरी इस बात से सहमत होंगे कि जल्दी उठना एक चुनौती है, लेकिन इससे भी बड़ी चुनौती जल्दी सोना है और खासकर जब सभी मनोरंजन उपकरण आपकी उँगलियों पर हों।

मैंने व्यक्तिगत रूप से जागने के लिए नहीं, बल्कि बिस्तर पर जाने के लिए अलार्म सेट किया है। और यह बहुत जरूरी है। एक बार जब मेरा अलार्म बजता है, यह दरशाता है कि बिस्तर पर जाने का समय आ गया है, मैंने तुरंत अपना लैपटॉप और सेलफोन बंद कर दिया। मैंने 'श्रीमद्भगवद्गीता' के कुछ पन्ने पढ़े और सभी चिंताओं को दूर करने के लिए अपने मन को शांत किया। यह मेरे लिए एक पूर्ण और शांतिपूर्ण आराम सुनिश्चित करता है।

सतीश, मेरा एक दोस्त, भी सुबह जल्दी उठने के लिए संघर्ष करता था। उससे बात करते हुए मुझे पता चला कि उसे सोने से पहले सोशल मीडिया पर स्क्रॉल करने की आदत है। वह इस बात से भी सहमत था कि कभी-कभी वह वीडियो देखने या फेसबुक पोस्ट पर बिना सोचे-समझे स्क्रॉल करने का इतना आदी हो जाता है कि उसे समय का अहसास ही नहीं होता। मैंने उसे बिस्तर पर जाने से कम-से-कम आधे घंटे पहले सभी गैजेट्स से दूर रहने का सुझाव दिया। उसने अनुशासन का पालन करना शुरू कर दिया और इससे उसे बहुत लाभ हुआ।

आप सोने से पहले कम-से-कम आधे घंटे के लिए बिस्तर पर जाने और इलेक्ट्रॉनिक गैजेट्स से दूर रहने के लिए अलार्म सेट करके भी अभ्यास कर सकते हैं। अगर आप रात 10 बजे सोना चाहते हैं तो फिर रात 9.30 बजे का अलार्म लगाएँ और अपने मन को सोने के लिए तैयार करें। उस आधे घंटे के दौरान बस, अपने आप को बाहरी दुनिया से अलग कर लें और या तो कोई पुस्तक पढ़ना शुरू करें या धीमा संगीत सुनें।

दूसरी तैयारी, जो समय पर सोने के लिए आवश्यक है, वह है—रात में जल्दी और नियमित आहार। यदि आप सोने से पहले बहुत भारी भोजन करते हैं तो आपको वास्तव में जल्दी उठना मुश्किल होगा। इसलिए, रात में हलका भोजन करें। साथ ही अपने शाम के भोजन का समय इस तरह से समायोजित किया जाना चाहिए कि आपके भोजन और बिस्तर पर जाने के समय के बीच कम-से-कम दो घंटे का अंतर हो।

यह सुनिश्चित करता है कि भोजन अच्छी तरह से पच गया है, जिससे आपको अच्छी नींद आती है।

4. आप कुछ सकारात्मक मोबाइल एप्लिकेशंस की मदद ले सकते हैं, जो आपको एक पहेली को हल करने के लिए कहे या इसे बंद करने के लिए कुछ दिलचस्प करने को कहे। ये ऐसी गतिविधियाँ हो सकती हैं, जैसेकि आपके घर में किसी चीज की फोटो लेना या गणित का कोई प्रश्न हल करना। उम्मीद है, जब तक आप अपना मिशन पूरा करेंगे, तब तक आप पूरी तरह से जाग चुके होंगे।
5. आप अपने दोस्तों की भी मदद ले सकते हैं। मुझे याद है कि हमारी मंडली में तीन दोस्त थे—विक्रांत, हरीश और महेश। उन तीनों में से महेश जल्दी उठनेवाला था, लेकिन विक्रांत और हरीश को समय पर उठने में काफी मशक्कत करनी पड़ती थी। इसलिए उन्होंने एक रणनीति बनाई थी, जिससे उन्हें वास्तव में मदद मिली। रणनीति क्या थी?
   महेश सुबह उठते ही हरीश को फोन करेगा। फिर हरीश विक्रांत को फोन करेगा और विक्रांत महेश को फोन कर लूप पूरा करेगा, यह सुनिश्चित करने के लिए कि हर कोई जाग रहा है।
6. अपनी जागने की आदतों में सनसनीखेज बदलाव की तलाश न करें। मान लीजिए कि आप सुबह 8 बजे उठते हैं और आपका लक्ष्य सुबह 5 बजे उठना है। इस बात की बहुत संभावनाएँ हैं कि आप अपनी पिछली आदतों से सरोकार रख सकते हैं। यदि आप स्थायी परिणाम चाहते हैं तो मेरा सुझाव होगा कि आप 10-15 दिनों के लिए सुबह 7.45 बजे उठना शुरू कर दें। सिर्फ 15 मिनट जल्दी उठना इतना मुश्किल नहीं होगा। यह आपको उपलब्धि की भावना देगा और आपके आत्मविश्वास का निर्माण भी करेगा। 15 दिनों के बाद आप सुबह 7.30 बजे उठ सकते हैं। धीरे-धीरे आप सुबह 5 बजे उठ सकेंगे। यह आपकी आदत बन जाएगी, जो लंबे समय तक चलनेवाली है।
7. आपने क्रिकेट खेला होगा, है ना!

जब आप बल्लेबाजी कर रहे होते हैं तो आपको सफल होने के लिए गेंदबाज द्वारा इस्तेमाल की जानेवाली तरकीबों के बारे में पता होना चाहिए। असल जिंदगी में हमारा दिमाग एक मुश्किल गेंदबाज की भूमिका निभाता है और इसके टोटके सुबह से ही शुरू हो जाते हैं। आपका अलार्म सुबह बजता है, लेकिन आपका दिमाग कहता है, 'बस, पाँच मिनट और सो जाओ!' यदि आप या तो स्नूज करते हैं या अलार्म बंद कर देते हैं और मन की माँगों को सुनकर बिस्तर पर चले जाते हैं, तो आप क्लीन बोल्ड हैं। और जब आप जागते हैं तो आपको पता चलता है कि पाँच मिनट आधे घंटे में बदल गए हैं, कभी-कभी इससे भी ज्यादा।

'दिमाग' कहे जानेवाले गेंदबाज द्वारा क्लीन बोल्ड होकर हमें अपनी सुबह की शुरुआत क्यों करनी चाहिए? पाँच मिनट और सोना कोई समस्या नहीं है, लेकिन इससे आप हार मानने की प्रवृत्ति विकसित करते हैं। आप अपने आप से कहते हैं कि मैंने कल रात जो फैसला किया, वह उतना महत्त्वपूर्ण नहीं है, जितना कि मन कह रहा है। इसलिए आप मन की सुनें। यह सिर्फ सुबह जल्दी उठने के बारे में नहीं है, बल्कि यह हमारे जीवन के हर पहलू के बारे में है।

हमारी सुबह की आदत का प्रभाव हमारे जीवन के हर क्षेत्र में परिलक्षित होता है। अगर आप सुबह 6 बजे उठना चाहते हैं तो सुबह 5.30 बजे का अलार्म न लगाएँ और इसे स्नूज करते रहें। इसे ठीक 6 बजे लगाएँ और बजते ही उठ जाएँ। जैसाकि मैं आमतौर पर कहता हूँ, 'आप स्नूज (अलार्म को बार-बार स्नूज करना) करते हैं, आप हार जाते हैं।'

प्रश्न 2 : यह विश्वास करना अभी भी बहुत मुश्किल है कि अगर लगातार की जाएँ तो छोटी चीजें चमत्कार कर सकती हैं! क्या आप इसे एक उदाहरण से साबित कर सकते हैं?

उत्तर : हाँ, छोटी-छोटी चीजें जरूर कमाल कर सकती हैं। यदि आप उन्हें लगातार करते रहें तो वे आपको महान् उपलब्धि हासिल करने में मदद कर सकती हैं।

आइए, मैं आपके साथ एक असाधारण व्यक्ति की कहानी साझा करता हूँ। 16 साल की उम्र में उन्हें बड़ी संख्या में साँपों का सामना करना पड़ा था, जो बाढ़ के बाद पेड़रहित पट्टी पर बहकर आए और अत्यधिक गरमी के कारण मर गए थे। यह एक बड़े सूखे के दौरान हुआ था, जो भारत में ब्रह्मपुत्र नदी में स्थित दुनिया के सबसे बड़े नदी द्वीप माजुली रिजर्व पर हुआ था।

इतनी कम उम्र में भी उन्हें यह एहसास था कि कुछ करना चाहिए। सन् 1979 में उन्होंने बंजर भूमि पर पौधे लगाने शुरू किए, जिसकी शुरुआत एक बाँस लगाने से हुई। बाद में उन्होंने पेड़-पौधों की अन्य प्रजातियों को भी शामिल किया। शुरुआत में पेड़ लगाने में समय लगता था, जब तक कि पेड़ स्वयं बीज उपलब्ध नहीं कराने लगे। जैसे-जैसे वह नया जंगल घना होता गया, वैसे-वैसे वहाँ विभिन्न निवासी पशु-पक्षियों की संख्या भी बढ़ती गई।

जल्द ही जंगल पक्षियों की सैकड़ों प्रजातियों से भर गया। साथ ही उसमें हिरण, गैंडे एवं बाघ भी थे और यहाँ तक कि हाथियों का एक झुंड भी शामिल हो गया, जो साल में तीन महीने जंगल में भटकता रहता था।

वर्ष 2007 की मंदी के समय उनका जीवन बदलना शुरू हुआ, जब एक फोटो पत्रकार उनके लगाए जंगल में पहुँचा और उनके बारे में एक लेख लिखा। उन्होंने जल्द ही भारत सरकार का ध्यान आकर्षित किया। धीरे-धीरे पूरे देश को उनके अद्भुत काम के बारे में पता चला। उन्होंने अपनी अविश्वसनीय उपलब्धियों के लिए कई पुरस्कार जीते और टेड (TED) वार्त्ता भी शुरू की। जब से उनकी कहानी सन् 2010 में वायरल हुई, तब से उन्होंने जलवायु परिवर्तन एवं अन्य पर्यावरणीय मुद्दों पर वार्त्ता करने और सम्मेलनों में भाग लेने के लिए देश व दुनिया भर में यात्राएँ की हैं।

वह कोई और नहीं, बल्कि जाधव पायेंग[9] हैं, जिनको 'मोलाई' के नाम से भी जाना जाता है, जो एक भैंस व्यापारी के बेटे हैं और असम में एक आदिवासी समुदाय के गरीब किसान के रूप में पले-बढ़े हैं।

65 वर्षीय जाधव पाएँग को भारत सरकार द्वारा सन् 2010 में 'विश्व

9. संदर्भ : https://en.wikipedia.org/wiki/Jadav_Payeng
https://www.oneearth.org/reforestation-hero-jadav-payeng/

पृथ्वी दिवस' पर 550 हेक्टेयर (1,300 एकड़ से अधिक) की बंजर भूमि को हरे-भरे जंगल में बदलने के लिए 'द फॉरेस्ट मैन' की उपाधि से सम्मानित किया गया था। स्वयं जमीन को जंगल में बदलने में उन्हें करीब 30 साल लग गए।

पायेंग को उनकी पर्यावरणीय सक्रियता के लिए और हर दिन एक पेड़ लगाने हेतु सम्मानित करने के लिए उनके नाम पर जंगल का नाम 'मोलाई' रखा गया। 22 अप्रैल, 2012 को उनकी उपलब्धि के लिए स्कूल ऑफ एनवायरमेंटल साइंसेज, जवाहरलाल नेहरू विश्वविद्यालय द्वारा आयोजित एक सार्वजनिक समारोह में उन्हें सम्मानित किया गया। सन् 2015 में उन्हें भारत के चौथे सर्वोच्च नागरिक पुरस्कार 'पद्मश्री' से सम्मानित किया गया था।

जाधव पायेंग ने हर दिन एक पौधा रोपा और लगभग 30 वर्षों तक इसे जारी रखा। उनके लगातार प्रयासों का ही नतीजा है कि हमने शानदार परिणाम देखा।

पायेंग की कहानी हमें छोटी-छोटी चीजों की ताकत और लगन सिखाती है। ब्रूस बार्टन ठीक कहते हैं, "कभी-कभी जब मैं सोचता हूँ कि छोटी चीजों से क्या जबरदस्त परिणाम आते हैं", मुझे लगता है कि छोटी चीजें वास्तव में होती ही नहीं हैं।"

प्रश्न 3 : मुझे लगता है कि मेरी थाली में बहुत अधिक है और मेरे पास बहुत कम समय है! मुझे क्या करना चाहिए?

उत्तर : तुम अकेले नहीं हो! बहुत से लोग अपने जीवन में ऐसी स्थितियों का सामना करते हैं। चाहे आप एक सॉफ्टवेयर इंजीनियर हों, एक गृहिणी हों, एक स्कूल जानेवाले बच्चे हों, किसी कंपनी के प्रबंधक हों, लेखक हों या उद्यमी हों। आप जो भी हों, आपको भी इसी तरह की स्थिति का सामना करना पड़ा होगा। कम समय और करने के लिए बहुत सी चीजें! या आपने लोगों को अपने जीवन में इस प्रकार की स्थितियों के बारे में आपसे शिकायत करते सुना होगा। है न?

इस समस्या को हल करने के लिए अपने जीवन को गुलाब की झाड़ी की तरह समझना शुरू करें। मुझे समझाने दें कि इसका क्या अर्थ है?

जैसे-जैसे गुलाब की झाड़ी बढ़ती है, वह उतनी कलियाँ बनाती है, जितनी

वह रख सकती है। यदि आप एक अनुभवी माली से बात करते हैं तो वह आपको बताएगा कि गुलाब की झाड़ियों को उनकी उपस्थिति और उनके प्रदर्शन—दोनों में सर्वश्रेष्ठ लाने के लिए छँटाई की जरूरत है। छँटाई एक बागबानी एवं वन-वर्द्धन अभ्यास है, जिसमें पौधे के कुछ हिस्सों, जैसे शाखाओं या कलियों को चुनिंदा रूप से हटाना शामिल है।

गुलाब की झाड़ी एक पेड़ की तरह नहीं है। यदि आप कुछ कलियों को कभी नहीं काटते हैं तो झाड़ी अंततः अपने आप समाप्त हो जाएगी और मर जाएगी। चारों ओर जाने के लिए केवल इतने सारे संसाधन हैं। और अगर आप वास्तव में चाहते हैं कि गुलाब की झाड़ी फले-फूले तो इसे न केवल एक बार, बल्कि हर साल छँटनी की जरूरत है।

आपके कार्य गुलाब की झाड़ियों की तरह हैं; उन्हें लगातार छँटनी की जरूरत है। और एक गुलाब की झाड़ी की तरह कुछ कार्यों को काट देना, भले ही उनमें क्षमता हो, शेष कार्यों को पूरी तरह से खिलने की अनुमति देता है। गुलाब की झाड़ी की तरह हम अपने जीवन में बाधाओं का सामना करते हैं। हमारे पास प्रत्येक दिन लागू करने के लिए सीमित मात्रा में ऊर्जा है। नई परियोजनाओं का हमारे जीवन में आना स्वाभाविक है, क्योंकि गुलाब की झाड़ी के लिए नई कलियों को जोड़ना स्वाभाविक है। लेकिन इससे पहले कि हम खुद को थका दें, हमें चीजों को दूर करना होगा।

दूसरे शब्दों में, कार्यों एवं विचारों का आपके जीवन में आना सामान्य है; लेकिन पूर्ण विकास और खिलने के लिए छँटाई की आवश्यकता होती है। इसका मतलब है उन सभी चीजों की अनदेखी करना, जिनकी अनदेखी आप कर सकते हैं और वह करना, जो आपको करना चाहिए। सफल कंपनियाँ भी इस सिद्धांत का पालन करती हैं; क्योंकि उनके पास एक उत्पाद या सेवा है, जिसके लिए वे जानी जाती हैं और इससे उन्हें अधिक-से-अधिक पैसा बनाने में मदद मिलती है। उदाहरण के लिए, इंटेल, गूगल, एप्पल ने अपनी उत्पाद शृंखला को ठीक से छाँट दिया है और आज सबसे सफल कंपनियों में सूचीबद्ध हैं।

सबसे महत्त्वपूर्ण लक्ष्य पर काम करने के लिए और विचारों के बवंडर में नहीं फँसने के लिए क्रिस मैकचेसनी, शॉन कॉवे और जिम हुलिंग द्वारा लिखित

अंतर्दृष्टिपूर्ण पुस्तक 'द फोर डिसिप्लिन्स ऑफ एक्जीक्यूशन' में भी जोर दिया गया है। ये लेखक इन चार अनुशासनों को लेकर आए हैं, जो दुनिया भर में लगभग 3 लाख नेताओं और टीम के सदस्यों के साथ काम करने के बाद निष्पादन की गारंटी देते हैं।

निष्पादन का पहला अनुशासन अत्यंत महत्त्वपूर्ण लक्ष्य पर ध्यान केंद्रित करना है।

पहले अनुशासन की व्याख्या करते हुए पुस्तक में कहा गया है—'अत्यंत महत्त्वपूर्ण लक्ष्य पर ध्यान केंद्रित करने के लिए आपको एक नेता के रूप में अपनी सामान्य प्रकृति के विपरीत व्यवहार करने और न्यूनताओं पर ध्यान केंद्रित करने की आवश्यकता है, ताकि आपकी टीम अधिक हासिल कर सके। जब आप इस अनुशासन को लागू करते हैं तो आप (एक या अधिक-से-अधिक दो) अत्यंत महत्त्वपूर्ण लक्ष्यों का चयन करके शुरू करते हैं, बजाय इसके कि सभी को एक साथ सुधारने का प्रयास करें। हम टीम को स्पष्ट करने के लिए इसे एक बेहद महत्त्वपूर्ण लक्ष्य कहते हैं कि यही वह लक्ष्य है, जो सबसे ज्यादा मायने रखता है। इसे प्राप्त करने में विफलता हर दूसरी उपलब्धि को गौण या संभवतः अप्रासंगिक भी बना देगी।' यह पहला अनुशासन मूल रूप से फोकस का अनुशासन है। दिमागी बवंडर आपसे वह फोकस छीन लेता है, जो आगे बढ़ने के लिए आवश्यक है।

और इसलिए, कभी-कभी हमें अच्छे विचारों को भी 'ना' कहना सीखना पड़ता है, ताकि हम सबसे महत्त्वपूर्ण लक्ष्य के लिए पूरे दिल से 'हाँ' कह सकें।

प्रश्न 4 : जब भी मैं कोई नई आदत बनाने की कोशिश करता हूँ तो मैं कुछ समय के लिए उस पर टिक पाता हूँ; लेकिन उसे लंबे समय तक बनाए रखना बहुत मुश्किल होता है। क्या किया जा सकता है?

उत्तर : हाँ, अच्छी आदतें कभी-कभी शुरू करना मुश्किल होता है, लेकिन उन्हें बनाए रखना और भी मुश्किल होता है। कई आदत विशेषज्ञ 'आदत ट्रैकर' के उपयोग का सुझाव देते हैं, जिससे यह पता लगाना आसान हो जाता है कि आप अपनी दैनिक, साप्ताहिक या मासिक आदतों से कितनी अच्छी तरह चिपके हुए हैं!

जब मैंने 'श्रीमद्भगवद्गीता' के सभी 700 श्लोकों को प्रतिदिन एक श्लोक याद करके सीखने की योजना शुरू की थी तो यह कोई आसान काम नहीं था। मैंने जो अभ्यास किया, वह यह था कि एक बार जब मैं एक छंद या पद्य को याद कर लेता हूँ तो मैं कैलेंडर पर उस विशेष तिथि पर निशान लगाता हूँ। हालाँकि, मैं सिर्फ कैलेंडर पर टिक कर रहा था, मैं वास्तव में अनजाने में एक 'आदत ट्रैकर' का उपयोग कर रहा था। हालाँकि, यह एक साधारण टिक मार्क था, लेकिन इससे मुझे बहुत फायदा हुआ।

यहाँ मैंने अपने अनुभव से क्या सीखा है—

1. सभी 700 छंदों को याद करने का एक बड़ा लक्ष्य शुरू में डरानेवाला था, इतना कठिन कि मैं शुरू करने के लिए भी तैयार नहीं था। लेकिन जब मैंने एक दिन में एक छंद से शुरुआत की और कैलेंडर पर टिक करना शुरू किया तो वह टिक मार्क मुझे हर दिन गतिविधि की प्रतीक्षा करने के लिए एक छोटी सी जीत दे रहा था। मैं शारीरिक रूप से उस प्रगति को देखने में सक्षम था, जो मैं कर रहा था और यह मेरी प्रेरणा को आगे बढ़ने के लिए प्रेरित कर रहा था। प्रत्येक छोटी जीत जारी रखने की मेरी इच्छा को पोषित कर रही थी।
2. जब हमें संकेत मिलता है कि हम आगे बढ़ रहे हैं तो हम पथ पर आगे बढ़ने के लिए और अधिक प्रेरित हो जाते हैं।
3. मैं इस तरह का व्यक्ति हूँ, जो 'टू-डू लिस्ट' और चेकलिस्ट के साथ काम करता है। हर बार जब मैंने कैलेंडर पर टिक मार्क किया तो यह एक तरह की संतुष्टि थी और इससे मेरा आत्मविश्वास बढ़ा। मैं एक 'अच्छा महसूस' कारक (फील-गुड फैक्टर) का अनुभव कर रहा था, जैसाकि एक निवेशक अनुभव करता है, जब वह अपने निवेश पोर्टफोलियो को बढ़ाता है या एक लेखक अनुभव करता है, जब पांडुलिपि की लंबाई बढ़ जाती है। और अगर यह अच्छा लगता है तो आपके सहने की संभावना अधिक होती है।

   यह एक स्नोबॉल प्रभाव की तरह लगा, क्योंकि मैं एक दिन में एक छंद या पद्य रचना को याद करता रहा। जब मैंने सभी टिक के चिह्नों

को एक-एक करके देखा तो मुझे आगे बढ़ते रहने की ललक महसूस हुई। मैं परिणाम पर प्रतिबद्ध नहीं था, बल्कि मैं बस उस लकीर को जीवित रखने की कोशिश कर रहा था और उस प्रकार का व्यक्ति बन गया, जो एक भी छंद को विस्मित नहीं करता।

'शृंखला मत तोड़ो' मेरा मंत्र बन गया है। जैसे-जैसे मैं प्रत्येक बीते दिन के साथ और अधिक गति प्राप्त कर रहा था, मुझे उन छंदों को याद करने की गतिविधि से प्यार होने लगा, जो शुरू में डरानेवाले थे। अनजाने में मैं उत्पाद से नहीं, बल्कि प्रक्रिया से जुड़ रहा था। मैं अनुभव कर रहा था, जिसे मनोवैज्ञानिक 'प्रवाह की स्थिति' कहते हैं।

यदि आप अच्छी आदतों को शुरू करके और बनाए रखते हुए अपने जीवन को अगले स्तर तक ले जाना चाहते हैं तो आपको एक साधारण आदत ट्रैकर की आवश्यकता हो सकती है। यह आपको वह आवश्यक प्रेरणा देगा, जिसकी आपको तलाश थी।

ऐसे कई परिष्कृत एप्स उपलब्ध हैं, जिन्हें आप एक्सप्लोर कर सकते हैं या आप कैलेंडर पर पेन के साथ टिक के निशान का उपयोग कर सकते हैं, जो भी आपको उपयुक्त लगे।

प्रश्न 5 : क्या एक ऐसी अवस्था को प्राप्त करना संभव है, जहाँ एक नई आदत का अभ्यास करना सरल हो?

उत्तर : अच्छी खबर यह है कि हाँ, नई आदत सरल हो सकती है, बशर्ते आप उस अवस्था तक पहुँचने के लिए पर्याप्त समय, ऊर्जा और प्रयास दें। हर नई आदत, जिसे हम विकसित करने की कोशिश करते हैं, एक यात्रा का अनुसरण करती है और यह चार चरणों से गुजरती है। मैं आपको चरणों के माध्यम से ले चलता हूँ—

चरण-1 — अचेतन अक्षमता

चरण-2 — सचेतन अक्षमता

चरण-3 — सचेतन क्षमता

चरण-4 — अचेतन क्षमता

यह सब दिलचस्प लगता है! मैं इन चरणों की व्याख्या उस बच्चे के उदाहरण के माध्यम से करता हूँ, जो साइकिल चलाना सीख रहा है।

चरण-1 : इस स्तर पर हम इस तथ्य से अवगत नहीं हैं कि हम नहीं जानते हैं।

अचेतन – बच्चा साइकिल चलाना नहीं जानता।

अक्षमता – न ही बच्चा साइकिल चला सकता है।

चरण-2 : इस स्तर पर हम जानते हैं कि हम नहीं जानते हैं।

चेतन – बच्चा साइकिल चलाने के बारे में जागरूक है।

अक्षमता – लेकिन वह इसकी सवारी नहीं कर सकता।

चरण-3 : इस स्तर पर हम इस तथ्य से अवगत होते हैं कि हम जानते हैं।

सचेतन – साइकिल चलाने के लिए बच्चे को बड़ा ध्यान लगाना पड़ता है।

सक्षमता – सचेतन विचार और प्रयास से बच्चा साइकिल चलाने में सक्षम होता है।

चरण-4 : इस स्तर पर हम नहीं जानते कि हम जानते हैं।

अचेतन – बच्चा अब इतना अभ्यास कर चुका है कि उसे 'कैसे सवारी करें' के बारे में सोचने की जरूरत नहीं है।

सक्षमता – सवारी करते समय वह दूसरों की ओर भी इशारा कर सकता है, क्योंकि व्यवहार पैटर्न स्वचालित हो गया है।

जब हम बच्चे थे, साइकिल सीखना शुरू में डरानेवाला था; लेकिन जैसे-जैसे हम लगातार धैर्य के साथ अभ्यास करते गए, हम परिपूर्ण होते गए और चौथे चरण में पहुँच गए। और एक नया कौशल प्राप्त करने, एक नई भाषा सीखने या इसी तरह से एक नए खेल में महारत हासिल करने के लिए भी यही सच है।

इसी तरह, किसी भी आदत का धैर्यपूर्वक अभ्यास करने और अंतिम परिणाम पर नहीं, बल्कि प्रक्रिया पर नजर रखने से आपकी आदत सहज हो सकती है।

प्रश्न 6 : संतुलित जीवन जीने का सही अर्थ क्या है और उस संतुलन को कैसे प्राप्त किया जाए?

उत्तर : हमारे जीवन के अनेक आयाम हैं। इन आयामों के बारे में जानने से हमें उन चीजों को समझने में मदद मिलेगी, जो हमारे समय पाने के योग्य हैं और हमें संतुलित जीवन जीने में मदद करती हैं। जिस तरह एक कार चार पहियों पर संतुलन बनाती है, उसी तरह हमें अपने जीवन के चार महत्त्वपूर्ण आयामों—शारीरिक आयाम, मानसिक आयाम, सामाजिक आयाम और आध्यात्मिक आयाम को संतुलित करना चाहिए।

शारीरिक आयाम

उपनिषदों में इसका उल्लेख है—'शरीरमाद्यं खलु धर्मसाधनम्', जिसका अर्थ है कि हमारा शरीर हमारे सभी कर्तव्यों को करने का पहला साधन या उपकरण है। उपकरण की ठीक से देखभाल की जानी चाहिए, ताकि सभी कार्य, जो एक उपकरण से पूर्ण किए जाते हैं, प्रभावी ढंग से निष्पादित हो पाएँ।

आपने देखा होगा कि कैसे डॉक्टर, ड्राफ्ट्समैन और योद्धा अपने औजारों की अच्छी देखभाल करते हैं। इसी तरह, भौतिक आयाम में हमारे शरीर की अच्छी देखभाल करना शामिल है—सही प्रकार का भोजन करना, सही समय पर और सही मात्रा में, सही समय पर और सही मात्रा में सोना और नियमित रूप से व्यायाम करना। हम अपने बुनियादी खाने और सोने की आदतों से आँखें नहीं मूँद सकते, क्योंकि वे हमारे भौतिक आयाम के मुख्य घटक हैं। जैसाकि वे कहते हैं, 'हम वही बनते हैं, जो हम खाते हैं।'

अर्जुन को योग की अवधारणा समझाते और उसकी व्याख्या करते हुए भगवान् श्रीकृष्ण इस पर भी प्रकाश डालते हैं—

युक्ताहारविहारस्य युक्तचेष्टस्य कर्मसु।
युक्तस्वप्नावबोधस्य योगो भवति दुःखहा॥

"वह जो खाने, सोने, मनोरंजन और काम की अपनी आदतों में विनियमित है, वह सभी भौतिक पीड़ाओं को योग प्रणाली का अभ्यास करके कम कर सकता है।"

—**श्रीमद्भगवद्गीता, 6.17**

व्यायाम भी हमारे शारीरिक आयाम का एक महत्त्वपूर्ण तत्त्व है और इसे हमें दैनिक कार्यक्रम में शामिल करने की आवश्यकता है।

व्यायाम के लिए 30 मिनट खर्च करना इसके लायक है, दिन के अन्य 1,440 मिनटों पर इसके प्रभाव के संदर्भ में होनेवाले जबरदस्त लाभों को देखते हुए।

जो लोग कहते हैं कि उनके पास व्यायाम करने के लिए पर्याप्त समय नहीं है, उनके लिए मैं एडवर्ड स्टैनली को उद्धृत करना पसंद करूँगा, जिन्होंने एक बार कहा था, "जो लोग सोचते हैं कि उनके पास शारीरिक व्यायाम के लिए समय नहीं है, उन्हें देर-सबेर बीमारी के लिए समय निकालना होगा।"

शारीरिक आयाम की अच्छी तरह से देखभाल में शामिल होंगे—एक स्वस्थ शरीर, एक मजबूत शरीर, एक लचीला शरीर, उचित आकार में एक शरीर, काम में कुशल शरीर, सक्षम इंद्रियोंवाला शरीर और एक शरीर, जो सहन कर सकता है।

मानसिक आयाम

मन एक बहुत ही सूक्ष्म, लेकिन शक्तिशाली आयाम है। अगर हमारे शरीर की तुलना हार्डवेयर से की जाए तो मन की तुलना सॉफ्टवेयर से की जा सकती है। यदि सॉफ्टवेयर दूषित है तो आपका भौतिक उपकरण कितना भी अच्छा क्यों न हो, यह प्रभावी रूप से कार्य नहीं कर सकता है।

मन भी हमारी सभी भावनाओं का भंडार है और यह हमें सोचने, महसूस करने तथा कार्य करने में सक्षम बनाता है। मन स्वभाव से चंचल होता है, इसलिए कहा जाता है कि मन स्वर्ग से नरक और नरक से स्वर्ग बना सकता है।

यदि आपका मन नियंत्रण में नहीं है तो यह आपके दृढ़ संकल्प को कमजोर कर सकता है; तनाव, अवसाद और उच्च रक्तचाप का कारण बन सकता है। यह अन्य नकारात्मक प्रभाव भी पैदा कर सकता है। भटका हुआ मन दीपक की अनियंत्रित बाती के समान होता है, जो केवल कालिख और अँधेरा ही दे सकता है, लेकिन यदि ठीक से नियंत्रित किया जाए तो प्रकाश दे सकता है। यदि मन को वश में कर लिया जाए तो यह आपके इच्छित लक्ष्य को

प्राप्त करने में आपकी सहायता कर सकता है। यही संदेश 'श्रीमद्भगवद्गीता' में दिया गया है—

बन्धुरात्मात्मनस्तस्य येनात्मैवात्मना जित:।
अनात्मनस्तु शत्रुत्वे वर्तेतात्मैव शत्रुवत्॥

"जिसने मन को जीत लिया है, उसके लिए मन सबसे अच्छा मित्र है; परंतु जो ऐसा करने में असफल रहा, मन उसका सबसे बड़ा शत्रु बना रहेगा।"

—श्रीमद्भगवद्गीता, 6.6

हमारी कार्य करने की क्षमता हमारे मन की स्थिरता के सीधे आनुपातिक है। इसलिए, हमें अपने मानसिक आयाम के विकास के लिए कुछ समय देना चाहिए। यहाँ मैं कुछ सुझाव साझा कर रहा हूँ, जिन्हें आप इसे प्राप्त करने के लिए लागू कर सकते हैं—

1. **पढ़ना :** अपने मन को समृद्ध और विस्तारित करने का इससे अच्छा तरीका नहीं है कि आप अच्छी पुस्तकें पढ़ने की आदत डालें।
   मार्क ट्वेन इसे संक्षेप में कहते हैं, "जो आदमी अच्छी पुस्तकें नहीं पढ़ता है, उसे उस आदमी से अधिक लाभ नहीं होता, जो उन्हें नहीं पढ़ सकता।" लिवरपूल विश्वविद्यालय में 'सेंटर फॉर रिसर्च इन रीडिंग' के उपनिदेशक डॉ. जोसिए बिलिंगटन कहते हैं, "पढ़ना अनुभव के समृद्ध, व्यापक और अधिक जटिल मॉडल पेश कर सकता है, जो लोगों को एक ताजा परिप्रेक्ष्य में और नए सिरे से अपने जीवन को देखने में सक्षम बनाता है।" दैनिक आधार पर कुछ समय पढ़ने में व्यतीत करना हमेशा बिना मन के टी.वी. देखने और इंटरनेट पर सर्फिंग करने से बेहतर होता है।
2. **लिखना :** लेखन मानसिक आयाम को विकसित करने का एक और शक्तिशाली उपकरण है। विचारों, अनुभवों और सीखों की एक पत्रिका रखने से स्पष्ट रूप से सोचने और सही ढंग से तर्क करने की हमारी क्षमता में सुधार होता है।
3. **मेडिटेशन :** मेडिटेशन मन के लिए वह है, जो भोजन शरीर के लिए है। यह एक सर्व-समावेशी तरीके से मदद करता है, आपको फिर से

सक्रिय करता है और इस तरह आपको अपने मन को नियंत्रित करने में मदद करता है। हाल के शोध से पता चला है कि ध्यान मस्तिष्क के लिए अच्छा है। यह प्रतिरक्षा प्रणाली में सुधार करता है, तनाव को कम करता है और भलाई की भावना को बढ़ावा देता है।

4. **योगासन और साँस लेने के व्यायाम :** योग उचित, गहरी एवं लयबद्ध साँस के साथ मन को ऊपर उठाने का एक आसान और स्वस्थ तरीका है। योगासन केवल शारीरिक व्यायाम नहीं है, बल्कि किसी की ऊर्जा को एक विशेष दिशा में हेर-फेर करने के लिए बहुत सूक्ष्म प्रक्रियाएँ हैं।

मानसिक आयाम की अच्छी देखभाल में निम्नलिखित तत्त्व शामिल होंगे—एक ऐसा मन, जो स्थिर और स्पष्ट होगा; एक ऐसा मस्तिष्क, जो केंद्रित और शांतिपूर्ण होगा; एक ऐसा मन, जो संतुष्ट होगा और एक ऐसा मन, जिसमें गंभीर रूप से सोचने तथा संवेदनशील तरीके से निपटने की क्षमता होगी।

सामाजिक आयाम

मनुष्य एक सामाजिक प्राणी है और जीवन, स्वभाव से, अन्योन्याश्रित (दूसरे पर निर्भर) है। यह आयाम न केवल हमारे परिवार, बल्कि हमारे बड़े समाज के अन्य सदस्यों के साथ सार्थक संबंध बनाए रखने की हमारी क्षमता को भी दरशाता है। रिश्तों का पोषण हमारे जीवन को समृद्ध करता है और इसे पूरा करता है। इस आयाम को विकसित करने में अन्य आयामों की तुलना में इतना समय नहीं लगता है। हम इसे अन्य लोगों के साथ अपनी नियमित दैनिक बातचीत में कर सकते हैं। लेकिन इसके लिए निश्चित रूप से कुछ व्यायामों की आवश्यकता होती है।

आज जीवन की रफ्तार ऐसी है कि अकसर हमारी बातों की सूची में रिश्तों को कम महत्त्व दिया जाता है, जिनका हमें खयाल रखना होता है। यह महत्त्वपूर्ण है कि हमारे रिश्ते मजबूत जमीन पर बने हों, क्योंकि वे हमारे लिए एक मजबूत सामाजिक समर्थन बन जाते हैं।

वे हमें स्वस्थ और तनाव-मुक्त जीवन जीने में मदद करने में महत्त्वपूर्ण भूमिका निभाते हैं। स्पष्ट प्रश्न, जो मन में आता है—मैं जीवन के इस आयाम को

कैसे सुधारूँ ? यहाँ कुछ युक्तियाँ दी गई हैं—

1. **जीवन में एक अच्छा चरित्र रखना :** चरित्र विकसित करना ही लोगों को आप पर विश्वास दिलाता है। व्यक्तिगत सफलता और हमारे समाज के लिए सामंजस्यपूर्ण ढंग से कार्य करना—दोनों के लिए यह आवश्यक है। प्रत्येक व्यक्ति को ईमानदारी से जीवन व्यतीत करके अपनी भूमिका निभानी चाहिए। वास्तविकता यह है कि गुणवत्तापूर्ण संबंध सिद्धांतों पर, विशेष रूप से विश्वास पर निर्मित होते हैं।
2. **संवेदनशील तरीके से व्यवहार करना :** हमारे आसपास हर कोई एक भावुक प्राणी है, जिसमें भावनाएँ होती हैं। यदि हम दूसरों के साथ संवेदनशील व्यवहार नहीं करते हैं तो हम उनके साथ अपने संबंधों को खराब कर सकते हैं। दूसरों के साथ व्यवहार करने का सुनहरा नियम लगभग सभी धर्मों और संस्कृतियों में पाया जा सकता है। यहाँ महान् महाकाव्य 'महाभारत' से एक संदर्भ दिया गया है—

   तस्माद्धर्म प्रधानेन भवितव्यम्यत माना।
   तथा चा सर्वा भुतेषु वर्तितव्यम्यथत्मनी॥

   (महाभारत, शांतिपर्व, 167:9)

   "इस प्रकार, आत्म-संयम और धर्म (सही आचरण) को अपना मुख्य ध्यान बनाकर दूसरों के साथ वैसा ही व्यवहार करें, जैसा आप अपने लिए चाहते हैं।"

   अपने आप से एक प्रश्न पूछें, 'क्या मेरी आवाज, हाव-भाव और व्यवहार दूसरों के साथ व्यवहार करते समय संवेदनशीलता को दरशाते हैं ?'
3. **एक अच्छा श्रोता होना :** सभी मानवीय आवश्यकताओं में सबसे बुनियादी है—समझाने और समझने की आवश्यकता।

   लोगों को समझने का सबसे अच्छा तरीका उनकी बात सुनना है। जब हम इस दुनिया में आते हैं तो सबसे पहला काम सुनना होता है। हम पढ़ना, लिखना और बोलना सीखने में वर्षों लगाते हैं; लेकिन सुनने का क्या ? सुनने का सबसे अधिक उपयोग किया जाता है, लेकिन इसके

बारे में सबसे कम सिखाया जाता है। हमें सहानुभूतिपूर्ण सुनने की कला सीखनी होगी, जो हमें बौद्धिक और भावनात्मक दोनों तरह से जो कुछ भी बताया जा रहा है, उसकी एक मजबूत समझ के साथ संबंधों को विकसित करने और बढ़ाने की अनुमति देती है।

इंटरनेशनल लिसनिंग एसोसिएशन के ग्लिन डेविड हैरिस कहते हैं, "जब आपने सुनना सीख लिया है तो यह मान लीजिए कि आपने वह सबकुछ सीख लिया है, जो आपको अपने जीवन में जानने की जरूरत है।"

4. **निस्स्वार्थ सेवा :** हम निस्स्वार्थ सेवा की बात किए बिना प्रेम की बात नहीं कर सकते। इस तरह की सेवा लोगों का दिल जीत सकती है। एक आंतरिक सुरक्षा है, जो प्रामाणिक और वास्तविक सेवा से आती है, लोगों की सार्थक तरीके से मदद करने से। मुहम्मद अली ने एक बार ठीक ही कहा था, "दूसरों की सेवा वह किराया है, जो आप यहाँ पृथ्वी पर मकान के लिए देते हैं।"

इसलिए, दूसरों की सेवा करने के तरीके और साधन खोजने के लिए रचनात्मक बनें। सामाजिक आयाम की अच्छी तरह से देखभाल में शामिल होंगे—मैत्रीपूर्ण होना, एक अच्छा श्रोता होना, दूसरों के प्रति संवेदनशील होना, उनकी जरूरतों एवं चिंताओं के प्रति संवेदनशील होना, भरोसेमंद होना, सहयोगी होना, क्षमाशील और प्रेमपूर्ण होना।

आध्यात्मिक आयाम

आध्यात्मिक आयाम हमारा परिवर्तनहीन कोर है, जो इस दुनिया में संपूर्ण जीवन के स्रोत, सर्वोच्च भगवान् का एक हिस्सा है। आध्यात्मिक आयाम में प्रमुख सिद्धांतों, विश्वासों और मूल्यों की खोज करना शामिल है, जो आपके जीवन को अर्थ और उद्देश्य देते हैं। यह इस तरह से जीने के बारे में है, जो कालातीत सिद्धांतों के अनुरूप है।

जब हम सतही जीवन जीते हैं, खुद की सेवा करने के लिए समर्पित होते हैं तो हम सर्फर की तरह होते हैं; लहरों की सवारी करते हैं, लेकिन यह नहीं

देखते कि उनके नीचे क्या है! हम ऐसा करके अपनी जरूरतों और चिंताओं को संतुष्ट कर सकते हैं, लेकिन हम वास्तव में कभी भी पूर्ण नहीं होंगे। हालाँकि, जब हम आध्यात्मिकता का अभ्यास करते हैं तो हम गोताखोरों की तरह बन जाते हैं; हम अपने आप को अशांत लहरों के नीचे एक ऐसे आनंद को खोजने के लिए विसर्जित करते हैं, जो बहुत गहरा और सुखवादी आदर्शों से परे है। वह गहरा आनंद तभी संभव है, जब व्यक्ति दूसरों की सेवा करना पसंद करे। उस प्रेम को आध्यात्मिकता के माध्यम से और भगवान् से जुड़े रहने के माध्यम से महसूस किया जाता है।

यीशु मसीह ने 'बाइबल' में कहा है, "सबसे बड़ी आज्ञा है कि अपने परमेश्वर से अपने सारे प्राण एवं अपनी सारी शक्ति और अपने मन से प्रेम रखना।" फिर उन्होंने कहा कि प्रेम करनेवाले ईश्वर की सर्वोच्च आज्ञा का पालन करने के कारण हम 'अपने पड़ोसी से अपने समान प्रेम रखना' शुरू करते हैं। इसका मतलब है कि जब हम आध्यात्मिक हो जाते हैं और ईश्वर के प्रेम का अनुभव करते हैं तो हम दूसरों की पीड़ा के लिए करुणा महसूस करते हैं।

महात्मा बुद्ध ने एक बार कहा था, "जैसे मोमबत्ती बिना आग के नहीं जल सकती, वैसे ही हम आध्यात्मिक जीवन के बिना नहीं रह सकते।"

हम अपने आध्यात्मिक आयाम को कैसे सुधारें? आइए, कुछ युक्तियों को लगाकर देखें—

1. **शास्त्र पढ़ना :** शास्त्रों को ईश्वर का वचन कहा जाता है और इसमें वे सार्वभौमिक सिद्धांत होते हैं, जो मनुष्य का मार्गदर्शन करते हैं तथा हमें जाने लायक गंतव्य प्रदान करते हैं। हर धर्म के अपने शास्त्र होते हैं। शास्त्रों को पढ़ना ईश्वर के साथ हमारे संबंध को विकसित करने का एक तरीका है। यह हमें हमारी परिपक्वता सातत्य पर बढ़ने में मदद करता है। एक सच्चा आध्यात्मिक आकांक्षी न केवल शास्त्रों को निष्क्रिय रूप से पढ़ता है, बल्कि उनके द्वारा सक्रिय रूप से जीने की कोशिश भी करता है।
2. **साधु लोगों से जुड़ना :** संत लोग वे महान् आत्माएँ हैं, जो ईश्वर के प्रेम का अनुभव करते हैं और पूरी मानवता के साथ साझा करते हैं। एक

फूल के पास रहने मात्र से ही हमें सुगंध मिल जाती है। इसी तरह, संतों के साथ जुड़ना उनके समान प्रेम का अनुभव करने का सबसे आसान तरीका है।

3. **जप प्रार्थना :** प्रार्थना किसी भी समय भगवान् के साथ संवाद करने का सबसे शक्तिशाली और आसान तरीका है। आज प्रमुख धर्मों में किसी-न-किसी रूप में प्रार्थना करना शामिल है। ये कृतज्ञता की प्रार्थनाएँ हो सकती हैं—हमारे जीवन में सकारात्मक बदलाव लाने के लिए प्रार्थना, विभिन्न परिस्थितियों से निपटने के लिए शक्ति माँगने की प्रार्थना, हर जीव की भलाई के लिए प्रार्थना आदि।
4. **प्रेमपूर्ण सेवा :** जब आपको कोई बड़ी खुशखबरी मिलती है तो आप उसे दूसरों के साथ साझा करना चाहते हैं। इसी तरह एक हृदय, जो भगवान् से प्रेम करता है, उसे दूसरों के साथ साझा करना चाहता है। जो व्यक्ति ईश्वर से प्रेम करता है या ईश्वर से प्रेम करना चाहता है, वह दूसरों का दुःख नहीं देख सकता। वह हमेशा उनके दुःखों को कम करना चाहता है और उसके लिए किसी भी हद तक जाने को तैयार रहता है। वह हमेशा लोगों की मदद करने और उनकी चेतना के उत्थान के लिए उत्सुक रहता है।

आध्यात्मिक आयाम की अच्छी तरह से देखभाल में जीवन में अर्थ एवं उद्देश्य की भावना शामिल होगी। इसमें प्रार्थना, ध्यान और शास्त्र पढ़ने के माध्यम से भगवान् के साथ अच्छी तरह से जुड़ा होना, सामान्य रूप से लोगों के लिए भगवान् के प्रेम को साझा करना तथा आभारी और आनंदित होना शामिल है।

जीवन के सभी चार आयामों की तुलना उस घर के चार कमरों से की जा सकती है, जहाँ हम रहते हैं—शारीरिक, मानसिक, सामाजिक एवं आध्यात्मिक कमरा। हम में से ज्यादातर लोग ज्यादातर समय एक ही कमरे में रहते हैं; लेकिन जब तक हम हर दिन हर कमरे में नहीं जाते, भले ही इनको हवादार रखने के उद्देश्य से ही, हम पूर्ण नहीं हैं।

याद रखें, एक क्षेत्र में सफलता जीवन के अन्य क्षेत्रों में विफलता की भरपाई नहीं कर सकती है।

प्रश्न 7 : कुछ लोग कहते हैं कि आपके पास दैनिक समय-सारिणी होनी चाहिए, कुछ लोग कहते हैं कि आपके पास साप्ताहिक समय-सारिणी होनी चाहिए। कौन सा बेहतर है और इसे बनाने का सबसे अच्छा तरीका क्या है ?

उत्तर : अपनी गतिविधियों के लिए समय-सारिणी बनाना एक अच्छा तरीका है। यह आपके दिन को एक संरचना देता है और आप महत्त्वपूर्ण चीजों को भूलते नहीं हैं। यह एक ऐसा उपकरण है, जो आपकी सहायता करेगा, ताकि आप बाद में संकटों के प्रबंधन में अपनी ऊर्जा न खोएँ। मुझे अपना खुद का अनुभव साझा करने दीजिए।

एक साधु के लिए आध्यात्मिक गुरु का प्रवचन सुनना सर्वोपरि है। हम इसे 'वाणी सेवा' कहते हैं, जिसका अर्थ है—आध्यात्मिक गुरु की बात सुनना और उनके निर्देशों का पालन कर उनकी सेवा करना।

मैं अपने आध्यात्मिक गुरु के रिकॉर्डेड प्रवचन सुनता था, लेकिन बहुत बार नहीं। एक बार आश्रम के एक वरिष्ठ साधु से इसका महत्त्व सुनकर मैंने निश्चय किया कि मैं प्रतिदिन अपने आध्यात्मिक गुरु का प्रवचन सुनूँगा। इसलिए, मैंने इसे अपनी दैनिक समय-सारिणी में शामिल किया। फिर, मैं प्रतिदिन प्रवचन सुनने में सक्षम था, लेकिन शनिवार व रविवार को बहुत सारी समस्याओं का सामना करना पड़ा, क्योंकि मैं छात्रों और कुछ परिवारों को परामर्श दे रहा था। वे सप्ताहांत में मुझसे मंदिर में मिलते थे, क्योंकि कॉलेजों और अन्य संस्थानों में शनिवार या रविवार को साप्ताहिक अवकाश होता है।

एक आध्यात्मिक गुरु के प्रवचन को प्रतिदिन सुनने के अपने नए अनुशासन के लिए प्रतिबद्ध नहीं होना मुझे अपराध-बोध से ग्रस्त कर रहा था। मैंने सप्ताहांत को भी बोझिल समझना शुरू कर दिया, क्योंकि मैं अनुशासित महसूस नहीं कर रहा था। इसलिए मैंने अपने गुरु, हमारे आश्रम के एक अन्य वरिष्ठ साधु से संपर्क किया और उन्हें अपनी पूरी समस्या बताई।

"देखो, कृष्ण धन," उन्होंने शांति से कहा, "जब आप सप्ताहांत पर लोगों को सलाह देते हैं तो आप उनकी समस्याओं से बाहर आने में उनकी मदद कर रहे हैं। आप उन दिनों अपने आध्यात्मिक गुरुओं के प्रवचनों को सुनने में सक्षम

नहीं हो सकते हैं, लेकिन आप दूसरों को परामर्श देकर उनके निर्देशों का पालन कर रहे हैं।

"एक ही दिन में सबकुछ फिट करने की कोशिश मत करो। आप इसके बजाय साप्ताहिक कार्यक्रम क्यों नहीं बनाते? साप्ताहिक आधार पर आयोजन दैनिक नियोजन की तुलना में बहुत अधिक संतुलन प्रदान करता है। आपको स्व-संगठनात्मक उपकरण द्वारा न केवल अनुसूचियों के साथ, बल्कि लोगों के साथ भी व्यवहार करना चाहिए। ऐसे समय होंगे, जब आपको समय के स्थान पर लोगों को प्राथमिकता देनी होगी। जब शिड्यूल का पालन नहीं किया जाता है तो अपराध-बोध पैदा करने के बजाय कार्यान्वयन को सुविधाजनक बनाने के लिए आपके उपकरण को उस मूल्य को प्रतिबिंबित करने की आवश्यकता होती है। आपका नियोजन उपकरण लचीला होना चाहिए। यह आपका सेवक होना चाहिए, आपका स्वामी कभी नहीं।"

"आप जो कह रहे हैं, वह मेरे लिए बिल्कुल सही है; लेकिन मुझे लगता है कि मुझे बहुत सारी भूमिकाएँ निभानी हैं। क्या आपका मतलब है कि मुझे उनमें से कुछ को काट देना चाहिए?" मैंने सवाल किया।

"शांति से बैठो और उन सभी भूमिकाओं को लिखो, जो आप अपने जीवन में निभाते हैं, जिन क्षेत्रों में आप अपना समय और ऊर्जा खर्च करते हो। आपको एक व्यक्ति, एक बंधु, पुत्र, आध्यात्मिक गुरु का एक शिष्य, परामर्शदाता, मंदिर प्रशासक आदि-आदि की भूमिका निभानी पड़ती होगी।" मेरे गुरु ने उत्तर दिया।

मेरे चेहरे पर एक उलझन भरी नजर को भाँपते हुए उन्होंने तुरंत कहा, "उन भूमिकाओं के बारे में परेशान न होओ, जो आपको या आपके पूरे जीवन को परिभाषित करती हैं। बस, एक सप्ताह पर विचार करें और उन क्षेत्रों को लिखें, जिन पर आप अगले सात दिनों के दौरान खुद को समय बिताते हुए देखते हैं। अब कुछ महत्त्वपूर्ण परिणामों के बारे में सोचें, जिन्हें आप अगले सात दिनों के दौरान प्रत्येक भूमिका में पूरा करना चाहते हैं।"

" 'प्रत्येक भूमिका में परिणाम' से आपका क्या तात्पर्य है?" मैंने बाधित किया।

"ये भूमिकाओं से संबंधित लक्ष्य हैं। उदाहरण के लिए, एक संरक्षक के रूप में आपको एक सप्ताह में कुछ छात्रों से मिलना पड़ सकता है और उन्हें परामर्श देना पड़ सकता है। एक आध्यात्मिक गुरु के शिष्य के रूप में आपको उनके कुछ प्रवचन सुनने पड़ सकते हैं। मंदिर के प्रशासक के रूप में देखें कि क्या कोई प्रशासनिक कार्य लंबित है?" और इसी तरह उन्होंने तुरंत उत्तर दिया।

"बहुत अच्छा लगता है! आगे क्या?" मैंने पूछ लिया।

फिर उन्होंने उत्तर दिया, "अब आप अपने लक्ष्यों को ध्यान में रखते हुए आनेवाले सप्ताह को देख सकते हैं और उन्हें प्राप्त करने के लिए समय निर्धारित कर सकते हैं। कुछ लक्ष्य ऐसे होते हैं, जिन्हें आप केवल सप्ताह के दिनों में पूरा कर सकते हैं और कुछ केवल रविवार को, जब कॉलेजों और व्यावसायिक प्रतिष्ठानों में साप्ताहिक अवकाश होता है।

"शनिवार और रविवार मेरे लिए भी व्यस्त हैं। इसलिए मैंने सप्ताह में केवल पाँच दिन योग करने का फैसला किया है, और यह बिल्कुल ठीक है। अपनी भूमिकाओं और संबद्ध लक्ष्यों की पहचान करने के बाद आप प्रत्येक लक्ष्य को सप्ताह के किसी विशिष्ट दिन में करना तय कर सकते हैं। आप पहले किए गए किसी भी अपॉइंटमेंट के लिए अपना वार्षिक या मासिक कैलेंडर भी देख सकते हैं और तदनुसार अपना शिड्यूल समायोजित कर सकते हैं।

"साप्ताहिक आयोजन के साथ दैनिक नियोजन केवल गतिविधियों को अनुकूलित करने और प्राथमिकता देने का एक कार्य बन जाता है। अपने शिड्यूल की समीक्षा करने के लिए हर सुबह कुछ मिनट निकालें। यह आपको उस मूल्य-आधारित निर्णय के संपर्क में रखेगा, जो आपने सप्ताह का आयोजन करते समय किया था। जैसाकि आप अपने दिन के अवलोकन को देखते हैं, आप संतुलन की भावना का अनुभव करेंगे; क्योंकि भूमिकाएँ और संबंधित लक्ष्य प्राकृतिक प्राथमिकता प्रदान करते हैं।"

"बहुत खूब! अद्भुत!"

मेरे मुँह से केवल यही शब्द निकले। मैंने उन्हें धन्यवाद दिया और साप्ताहिक आधार पर संतुलित जीवन जीने की एक नई दृष्टि के साथ लौटा। आप विश्वास नहीं करेंगे, पर उस दिन से मैंने ठीक उसी का पालन किया, जो

उन्होंने सुझाया था और मेरा समय-प्रबंधन अगले स्तर तक पहुँच गया था। साप्ताहिक आयोजन ने मुझे अप्रत्याशित घटनाओं को सँभालने की स्वतंत्रता और लचीलापन दिया। मैं कभी भी जरूरत पड़ने पर नियोजित मीटिंगों को आसानी से परिवर्तित कर सकता था। दिन के सिर्फ 24 घंटे के बजाय मैंने सप्ताह के 168 घंटे देखना शुरू किया।

और सबसे महत्त्वपूर्ण बात, मैं अब सप्ताहांत पर लोगों के साथ अपनी बातचीत का आनंद ले रहा था, जो मेरे गुरु से मिलने से पहले बोझिल लगता था। और यदि आप अभी इसे पूछते हैं तो मैं अपने आध्यात्मिक गुरुओं के प्रवचन सप्ताह में पाँच दिन दोपहर में सुनता हूँ। मैं सप्ताह में पाँच दिन सुबह योग करता हूँ। मैं हर रविवार को किशोरों के लिए 'समृद्धि स्कूल ऑफ लीडरशिप' कार्यक्रम चलाता हूँ। मैं परिवारों के एक समूह से मिलता हूँ और हर मंगलवार शाम को उनसे बातचीत करता हूँ। मैं सप्ताह में दो बार मंदिर में देवताओं की पूजा करता हूँ। मैं अब एक साप्ताहिक व्यक्ति हूँ।

अंत में, अपने जीवन में सिद्धांत-केंद्रित साप्ताहिक संगठन की शक्ति का अनुभव करने के बाद मैं विश्वास के साथ कह सकता हूँ कि यह काम करता है। इसने सैकड़ों लोगों के जीवन को बदल दिया है। जब हम संतुलित जीवन की बात करते हैं तो यह दृष्टिकोण वास्तव में बहुत सकारात्मक बदलाव ला सकता है।

□

लेखक द्वारा टिप्पणियाँ

इस पुस्तक में हमने आत्म-सुधार के 5 Ss के एक सेट पर चर्चा की है। लेकिन 5.5 Ss ही क्यों और 6 Ss क्यों नहीं? मुझे समझाने दो।

हमने अध्याय 4 में क्रोटन के माइलो की कहानी पर चर्चा की है। इसमें हमने चर्चा की कि कैसे—

- उन्होंने अपने सुधार के क्षेत्र (पहला S)—बॉडी बिल्डिंग का चयन किया।
- उन्होंने कम वजन (दूसरा S) से शुरुआत की—उन्होंने एक नवजात बछड़े के साथ शुरुआत की।
- उनके पास कार्य (तीसरा S) करने के लिए एक कार्यक्रम था—वे उसे हर दिन करेंगे।
- उन्होंने अपने परिवेश का लाभ उठाया (चौथा S)—बछड़े के वजन में मामूली वृद्धि, जो उनके घर के पास मौजूद था।
- वे डटे रहे (पाँचवाँ S) और लगातार करते रहे—उन्होंने लगभग 3-4 वर्षों तक ऐसा किया।

हमारा आखिरी 'S' 'सीक हेल्प' है (या तो जवाबदेही या फीड-फॉरवर्ड विधि के माध्यम से)। लेकिन किसी तरह मैंने माइलो के मामले में इस आखिरी

'S' पर ध्यान नहीं दिया; क्योंकि मैंने इन 5 S को माइलो की कहानी के आधार पर विकसित किया है और छठे 'S' का उस कहानी से कोई संबंध नहीं है। मैंने आखिरी 'S' को आधे के रूप में रेट किया है।

दशकों से कई संगठनों ने अपने प्रदर्शन के स्तर में वृद्धि की है और काइजेन के उपकरणों में से एक—5 'S' से लाभान्वित हुए हैं।

आप अपने जीवन को अगले स्तर तक ले जाने के लिए इस पुस्तक में वर्णित 5.5 'S' का उपयोग कर सकते हैं। इन तकनीकों ने मेरी और साथ ही उन असंख्य लोगों की मदद की है, जिन्होंने पिछले दो दशकों में मुझसे मार्गदर्शन माँगा है। और ये तकनीकें आपके लिए भी हैं, अगर आप बेहतर के लिए बदलना चाहते हैं।

याद रखें—कोई भी संस्था, पुस्तक, चिकित्सक या कार्यशाला किसी व्यक्ति को तब तक सुधारने में मदद नहीं करेगी, जब तक कि वह वास्तव में बदलने की इच्छा न रखता हो।

अपने जीवन को उच्च स्तर पर ले जाने से पहले आइए, हम महान् कवि भर्तृहरि के संस्कृत श्लोक से लोगों के तीन अलग-अलग स्तरों को देखें—

प्रारभ्यते न खलु विघ्नभयेन नीचैः
प्रारभ्य विघ्नविहता विरमन्ति मध्याः॥
विघ्नैः पुनः पुनरपि प्रतिहन्यमानाः
प्रारब्धमुत्तमजनाः न परित्यजन्ति॥

तीन प्रकार के लोग होते हैं—निम्न, मध्यम और उच्च। निम्न कोटि के लोग वे होते हैं, जो आसन्न कठिनाइयों को देखकर अपना काम शुरू नहीं करते हैं। मध्यम कोटि के लोग मुश्किलें आने पर काम शुरू कर देते हैं और बिना पूरा किए ही काम छोड़ देते हैं। लेकिन उच्च कोटि के लोग वे होते हैं, जो अपने रास्ते में इतनी कठिनाइयों के बावजूद उस काम को पूरा किए बिना नहीं छोड़ते, जिसे उन्होंने पूरा करने का प्रण किया है।

तो आप जिस भी स्तर पर खड़े हैं, अब उच्च स्तर पर जाने का सही समय है। फिर ऊपर की ओर बढ़ते रहें और अपने जीवन को उच्चतम स्तर पर लॉञ्च करें। आप अपने जीवन की समग्र गुणवत्ता में नाटकीय रूप से वृद्धि कर सकते

हैं, बशर्ते आप सुधार का विकल्प चुनें। आपको केवल बेहतर बनने की इच्छा, कार्य करने का निर्णय, अभ्यास करने का अनुशासन और वांछित परिणाम प्राप्त होने तक डटे रहने के दृढ़ संकल्प की आवश्यकता है।

थॉमस जेफरसन ने बहुत ही विचारोत्तेजक विचार व्यक्त किया है, "यदि आप कुछ ऐसा चाहते हैं, जो आपके पास कभी नहीं था तो आपको कुछ ऐसा करने के लिए तैयार रहना चाहिए, जो आपने कभी नहीं किया।"

आपकी सुधार यात्रा के लिए शुभकामनाएँ!

मुझे आशा है कि यह पुस्तक आपकी यात्रा में एक प्रकाश-स्तंभ का काम करेगी। जब भी आप अपनी सुधार यात्रा में ठोकर खाएँ तो इस पुस्तक की 'सहायता लें'। मैंने इस पुस्तक में जो कुछ भी साझा किया है, उससे मैं व्यक्तिगत रूप से संघर्ष करता हूँ। लेकिन संघर्ष सार्थक और संतोषप्रद है। हमें चिंता करने की जरूरत नहीं है; सर्वशक्तिमान हमारी मदद करने के लिए मौजूद हैं।

जैसाकि ठीक ही कहा गया है, 'भगवान् उनकी मदद करते हैं, जो खुद की मदद करते हैं।'

□

संदर्भ सूची

1. ए.सी. भक्तिवेदांत स्वामी प्रभुपाद, 'श्रीमद्‌भगवद्‌गीता'—जैसा है, वैसा ही। भक्तिवेदांत बुक ट्रस्ट, 1986
2. जेम्स क्लीयर, 'एटॉमिक हैबिट्स : टिनी चेंजेस, रिमार्केबल रिजल्ट्स', रैंडम हाउस बिजनेस बुक्स, 2018
3. एंजेला डकवर्थ, 'ग्रिट : द पावर ऑफ पैशन एंड पर्सीवरेंस', स्क्रिब्नर, 2016
4. कैरोल ड्वेक, 'माइंडसेट : चेंजिंग द वे यू थिंक टू फुलफिल योर पोटेंशियल', कॉन्स्टेबल और रॉबिन्सन, 2012
5. अतुल गवांडे, 'द चेकलिस्ट मेनिफेस्टो : हाउ टू गेट थिंग्स राइट', पेंगुइन बुक्स इंडिया, 2014
6. स्टीफन गुइस, 'मिनी हैबिट्स : स्मॉलर हैबिट्स, बिग रिजल्ट्स', लाइटनिंग सोर्स इंक, 2013
7. मार्शल गोल्डस्मिथ और मार्क रेइटर, 'व्हाट गॉट यू हियर वॉण्ट गेट यू देयर', हैचेट इंडिया
8. डैरेन हार्डी, 'द कंपाउंड इफेक्ट : जंप स्टार्ट योर इन्कम, योर लाइफ, योर सक्सेस', डा कापो, 2013

9. मसाकी इमाई, 'काइजेन : द की टू जापान्स कॉम्पिटिटिव सक्सेस', मैकग्रा–हिल एजुकेशन, 1988

10. रिचर्ड कोच, 'द 80/20 प्रिंसिपल : द सीक्रेट टू अचीविंग मोर विद लेस', आर.एच.यू.एस., 1999

11. डॉ. रॉबर्ट मौरर, 'वन स्मॉल स्टेप कैन चेंज योर लाइफ : द काइजेन वे', एल्गोनक्विन बुक्स, 2014

12. ग्रेटचेन रुबिन, 'बेटर देन बिफोर : मास्टरिंग द हैबिट्स ऑफ आवर एवरीडे लाइफ', टू रोड्स : 2017

13. शॉन कॉवे और क्रिस मैकचेसनी, 'द फोर डिसिप्लिंस ऑफ एक्जीक्यूशन : अचीविंग योर वाइल्डली इंपोर्टेंट गोल्स', साइमन एंड शूस्टर, 2012

14. स्टीफन आर. कॉवे, 'सेवेन हैबिट्स ऑफ हाइली इफेक्टिव पीपल : पावरफुल लेसन्स इन पर्सनल चेंज', साइमन एंड शूस्टर, 2004

□□□